FICHA CATALOGRÁFICA

(Preparada na Editora)

Frungilo Júnior, Wilson, 1949-

F963a   *Ala Dezoito* / Wilson Frungilo Júnior, Araras, SP,
IDE, 14ª edição, 2005.

256 p.

ISBN 978-85-7341-438-7

1. Romance 2. Espiritismo. I. Título.

CDD-869.935
-133.9

Índices para catálogo sistemático:

1. Romance: Século 20: Literatura brasileira 869.935
2. Espiritismo 133.9

ALA DEZOITO

ISBN 978-85-7341-438-7
14ª edição - setembro/2005
8ª reimpressão - agosto/2024

Copyright © 1994,
Instituto de Difusão Espírita - IDE

Conselho Editorial:
Doralice Scanavini Volk
Wilson Frungilo Júnior

Produção e Coordenação:
Jairo Lorenzeti

Revisão de texto:
Mariana Frungilo Paraluppi

Capa:
César França de Oliveira

Diagramação:
Maria Isabel Estéfano Rissi

Parceiro de distribuição:
Instituto Beneficente Boa Nova
Fone: (17) 3531-4444
www.boanova.net
boanova@boanova.net

INSTITUTO DE DIFUSÃO ESPÍRITA
Rua Emílio Ferreira, 177 - Centro
CEP 13600-092 - Araras/SP - Brasil
Fones (19) 3543-2400 e 3541-5215
CNPJ 44.220.101/0001-43
Inscrição Estadual 182.010.405.118

www.ideeditora.com.br
editorial@ideeditora.com.br

*Todos os direitos reservados.
Nenhuma parte desta
publicação pode ser
reproduzida, armazenada
ou transmitida, total ou
parcialmente, por quaisquer
métodos ou processos, sem
autorização do detentor do
copyright.*

ALA DEZOITO

Wilson Frungilo Jr.

Emocionanate história envolvendo um caso de aparente loucura, desvendado pela Doutrina Espírita

Sumário

1 - O personagem 9

2 - Vídeo 13

3 - O livreto 37

4 - Visões 57

5 - Ala dezoito 75

6 - Loucura 91

7 - Tratamento 111

8 - Revelação 127

9 - Espiritismo 141

10 - Mãe sunta...155

11 - A reunião..177

12 - Acusado..211

13 - Celestino 225

14 - Bela vista 239

15 - Final 251

I

O personagem

CAROS LEITORES,

As páginas a seguir descrevem acontecimentos dos quais fui protagonista e que ocasionaram mudanças radicais em minha vida, tanto na maneira de viver como na de pensar e de encarar tudo o que acontece comigo ou ao meu redor.

Vivi momentos reveladores, que nunca antes havia imaginado, os quais sei que muitas pessoas ainda desconhecem. Momentos em que passei por uma gama de sensações, como medo, tristeza, desespero, desejo de liberdade, mas também de fraternidade, esperança e fé, as quais me fizeram rever todos os conceitos que até então acreditava ou conhecia.

Na realidade, não sou escritor, sou advogado, mas, como possuo facilidade para escrever, decidi relatar esses acontecimentos todos de maneira romanceada, apresentando situações que também envolveram outros personagens, e não somente as que ocorreram comigo, das quais somente depois tomei conhecimento. O leitor me localizará como o personagem Roberto, que é realmente o meu nome.

Trata-se de uma história em que me descrevo como personagem, na terceira pessoa do singular, sendo que, por vezes, falo com o leitor na primeira, a fim de transmitir, com mais propriedade, tudo o que vivi e senti nesse ainda pouco conhecido universo que, ao final, como já disse, veio transformar minha vida e a de meus entes queridos, proporcionando-nos uma nova e maravilhosa perspectiva sobre a verdadeira felicidade.

Devo confessar que nunca tive dificuldades materiais ou de outra ordem, pois nasci no seio de uma família abastada, e hoje, como advogado, possuo com Jorge, meu sócio, um respeitável e também rentável escritório advocatício.

Iniciei muito moço ainda, pois contava com apenas vinte e três anos quando, após haver cursado uma faculdade, entrei para esse mundo cativante, e por vezes triste, da justiça humana. Aos vinte e sete, conheci uma criatura maravilhosa, Débora, com quem me casei e tenho vivido momentos de muita felicidade, com nossa filhinha Raquel, hoje com seis anos.

Também tenho um *hobby* que é perambular pela cidade nos fins de semana, filmando, com uma câmera de videocassete, lugares interessantes, acontecimentos, aniversários de minha filha, passeios, e outros eventos festivos. E foi com uma câmera dessas na mão que teve início uma avalanche de acontecimentos e fatos que me levaram a vivenciar momentos pelos quais, até hoje, chego a agradecer por terem ocorrido, pelo tanto que com eles pude aprender, mas que se me afiguraram, na época, como pesadelos que pareciam nunca mais ter fim. E o que passo agora a narrar vai mostrar como eu conheci e aceitei verdades que, apesar de já terem sido transmitidas por outras pessoas, colocam-me também na obrigação de divulgá-las, por meio deste livro.

II

Vídeo

Nos idos de 1994...

No quarto do casal, Débora, ainda deitada, alonga--se indolentemente, enquanto Roberto termina de abotoar a camisa e colocar uma leve blusa de lã. Apanha, então, uma pequena câmera filmadora e aproxima-se da esposa para despedir-se, beijando-lhe, carinhosamente, a fronte.

– Durma, mais um pouco, querida. Perto de meio--dia virei buscá-la para almoçarmos naquele restaurante de que você tanto gosta.

– No Recanto, Roberto? Adoro ir lá com você.

– Eu também gosto muito daquele lugar. Além do que, a comida é muito boa.

– Deliciosa! Sabe, Roberto... já estou com saudades de Raquel.

– Também estou, mas tenho certeza de que ela

deva estar se divertindo muito na casa de Ciro. Você sabe como meu irmão e Dalva a adoram.

– Sei e estou tranquila mas... é que ficar longe de Raquel... parece uma eternidade...

– Amanhã, ela estará de volta. Pense apenas que ela está gostando muito de estar lá. Se quiser, pode lhe telefonar.

– Mas é pra já.

Riem com a exagerada saudade que já estão sentindo pela filha que, na noite anterior, havia ido para a casa de Ciro, irmão de Roberto, apenas para passar o domingo em companhia do casal.

– Você vai levar a câmera?

– Vou. Quero aproveitar a minha ida ao apartamento de Jorge, onde devo apanhar uns papéis, para filmar uma passeata organizada pelo pessoal da Vila Mendes. Talvez eu consiga alguma boa matéria com eles. Acho muito importante essa reivindicação que estão organizando, pois, afinal de contas, não acho justo o que está acontecendo com eles.

– É... a Justina me contou...

– Ela, como todos os demais, mora lá, pagou, com sacrifício, o terreno, com mais sacrifício, ainda, construiu sua casa e agora querem privá-los do direito de ter um lugar para morar e viver. Tenham a santa paciência, não é mesmo? Eu vou escrever sobre isso. Talvez, agora, tenha coragem de publicar, alguma coisa, na *Revista dos Advogados*.

– Acho que você faz muito bem. Já tomou seu café?

– Ainda não. Será que a Justina já preparou?

– Não sei... Oh, mas que cabeça! Dei folga para ela neste domingo. Vou descer e preparar para você.

– Não precisa, querida. Como alguma coisa no centro da cidade.

– Não, não. Vou preparar e vamos tomá-lo juntos.

Débora veste um robe e desce, abraçada, com Roberto até a cozinha.

Após preparar o café e colocar a mesa, Débora senta-se à frente do marido.

– E o Jorge, como ele está? Faz tempo que não o vejo, e Deise também. Precisamos fazer-lhes uma visita, qualquer dia destes.

Jorge também é advogado e trabalha com Roberto.

– O Jorge está cada dia mais problemático, com um humor horrível, nervoso, agitado. Em sua mente, tudo o que lhe acontece não está bom, por melhor que seja e põe a culpa em todo mundo. Nunca está contente com nada. Percebo que ele está à beira de uma estafa. Sinto pena da Deise que vive, constantemente, desculpando-o perante as outras pessoas.

– Com você, também, ele tem se mostrado agressivo?

– Comigo não. Mas, também, devo ser a única pessoa em quem ele não descarrega seu pessimismo e de quem ele aceita alguns conselhos ou sugestões. Por algumas vezes, ele chegou a confessar-me que percebe estar errado em agir dessa forma, mas que não consegue se controlar, mesmo tomando, diariamente, calmantes fortíssimos que já não lhe fazem mais efeito algum.

– E por que ele não procura um analista, ou coisa desse tipo?

– Diz não acreditar nesse tipo de tratamento. Tentei convencê-lo que isso leva tempo, que muitas pessoas chegam a frequentar essas sessões por mais de um ano ou até mais. Jorge é muito teimoso. Você sabe que ele nunca tirou férias, não é?

– Falando em férias, Roberto... – brinca, sorrindo, Débora.

– Eu lhe prometi e vou cumprir. Em setembro, vamos viajar e você está incumbida de organizar tudo. Os peruanos terão o privilégio de admirar a mulher mais linda da face deste planeta.

Débora, radiante, dá volta à mesa, enlaça o marido pelo pescoço, beijando-o, demoradamente e exclama:

– Machu Picchu!... Sempre sonhei em conhecer esse lugar. Estou tão contente, meu bem. Vamos filmar tudo e tirar muitas fotos. E Raquel?

– Vamos levá-la. Já está na hora de ela começar a conhecer lugares e pessoas diferentes. Também acho que... Ei, quem está aí? – pergunta Roberto olhando em direção ao vitrô da sala de jantar, onde viu um vulto, parecendo espreitá-los. Desvencilha-se do abraço da esposa e corre até a porta envidraçada, abrindo-a e saindo para um dos jardins da casa, onde existe um gramado com piscina, algumas poucas árvores e um vestuário, que Roberto adentra com certo cuidado, pois o vulto que ele vira somente poderia ter se escondido ali. Mas procura em vão.

– Não é possível, Débora. Ele, praticamente, desapareceu.

– De quem você está falando, Roberto? Não estou entendendo...

– Vi alguém nos espreitando por este vitrô e, agora, esse alguém sumiu, diluiu-se no ar.

– Bem... se, realmente, havia alguém aqui, ele pode ter pulado o muro em direção a algum dos nossos vizinhos. Vamos entrar, fechar a porta e telefonar para o Luís e o Nelson, para que eles tomem cuidado. Acho até que deveríamos chamar a polícia. Considero muito perigoso o que você fez, saindo correndo para o jardim. E se fosse algum assaltante e estivesse armado?

– Você tem razão.

Roberto liga para os vizinhos e para a Central de Polícia, onde possui um comandante amigo.

– Fique tranquilo, Roberto. Já mandei passar um rádio para a patrulha que estiver mais próxima de sua casa. Dentro de alguns minutos estarão por aí.

– Eu lhe agradeço, Raul. Sei que, nessas alturas, o larápio já deve estar longe, mas, sempre é bom se prevenir. Em minha casa garanto que ele não está, mas temo pelos vizinhos.

– Você tem toda razão e, além do mais, a polícia é para isso. Um bom domingo para você.

– Para você, também, Raul e, muito obrigado. Desejo-lhe que esse seu plantão de hoje seja bastante calmo.

– Tomara, pois o dia está apenas começando. Até qualquer dia, e disponha.

– Agradeço-lhe mais uma vez. Até logo. – despede-se Roberto, desligando o telefone.

– Pronto, querida, está tudo sob controle. Fique com a casa fechada e telefone para Raquel. Diga-lhe que, à noite, iremos buscá-la. Eu vou sair, pois, senão, ficará tarde.

– Você vai com o carro?

– Vou. Depois de meio-dia, virei apanhá-la.

Débora acompanha o marido até a porta e a tranca.

***

Roberto sempre sentiu prazer em dirigir pela cidade, apesar do grande movimento do trânsito e dos constantes congestionamentos, quase que diários. Gosta de observar as pessoas indo e vindo, cada qual com seus problemas, suas alegrias, suas tristezas e isso, quase sempre, lhe fornece precioso material para escrever alguma coisa. Ama essa cidade grande, apesar de todos os seus desajustes, de todas as suas enchentes, da sujeira que existe pelas ruas, de seus criminosos, que são tantos, pois considera que tudo isso é superado pelo povo trabalhador e sofrido que encontra, a todo instante, sempre apressado e carregando, sobre os ombros, toda a grandeza dessa metrópole. E essa análise, essas observações, essa coleta de material, para seus artigos que talvez um dia tenha a coragem de tornar público, é realizada com muita facilidade por Roberto, pois ele não tem a pressa desse povo e não tem horários rígidos a cumprir. Sua missão, nos fins de semana, é apenas a de observar e escrever. E realiza-se com seu passatempo, dando-lhe a real e devida importância.

Jorge não estava em seu apartamento e Roberto foi encontrá-lo, informado por Deise, sua esposa, na banca de jornais da esquina.

– Você passou em casa, Roberto?

– Acabei de vir de lá. Atrasei-me um pouco porque houve um pequeno problema antes de sair.

Roberto conta, então, a Jorge tudo o que aconteceu após o café da manhã e este, como sempre, opina, indignado:

– Esta cidade não tem mais jeito. Acho que a polícia e a justiça são muito brandas com esses marginais. Deveria haver pena de morte para essa corja de bandidos. Você não acha?

– Sempre discutimos isso e você sabe qual a minha opinião a esse respeito. Não acredito que a pena de morte vá resolver esse problema. Além do mais, você já pensou se uma pessoa for condenada injustamente? E o mais importante, Jorge, é que acho que não temos o direito de tirar a vida de ninguém. Somente Deus tem esse direito.

Jorge dá uma sonora gargalhada.

– Você está falando como um padre, Roberto. Você, por acaso, segue alguma religião? Que eu saiba você não segue religião alguma.

– Posso não ir à igreja e conhecer muito pouco sobre religiões; aliás, nunca liguei para isso; mas acredito numa força superior, sei lá, um Deus. Nisso eu acredito.

– Pois eu acho que você está falando como um velho – retruca Jorge, rindo. – Cuidado, hein?

Roberto acaba caindo na risada, também.

– Você veio buscar aqueles documentos, não é? Olhe, desculpe-me, mas esqueci de trazê-los para casa. Poderia ter telefonado, avisando-o, mas esta minha memória... você a conhece... mas, amanhã, darei um jeito de mandar entregá-los. Telefone para mim, por favor.

– Não tem problema, não, Jorge. Eu ia passar por aqui, de qualquer maneira.

– Onde você está indo com essa câmera?

– Você sabe que ando sempre com ela a tiracolo e quero aproveitar para filmar e colher alguns dados sobre uma passeata de protesto de moradores da Vila Mendes. Minha empregada, a Justina, mora lá e acho que devo escrever alguma coisa a respeito e, talvez, até publicar. Você deve estar a par do que está acontecendo com aquele pequeno bairro.

– Não só estou, como acho que você não deveria se meter com essa história. Aquele bairro vai ter que desaparecer, pois seus moradores compraram os terrenos de uma firma fantasma que não detinha a propriedade do lugar e agora o verdadeiro proprietário apareceu e quer instalar, lá, uma grande metalúrgica. E esse homem tem força, poder e muita influência. Além do que, ele se propôs, espontaneamente, a indenizar aquelas famílias e ele nem precisa fazer isso.

– Que indenização, Jorge? O que ele vai pagar não dá para comprar nem um terreno, quanto mais para construir outra casa.

– Mas, Roberto, ele não precisaria pagar nada. Está fazendo isso porque quer. – responde Jorge, mal--humorado.

– Tudo bem, Jorge, tudo bem. Vamos deixá-lo de lado, mas alguém tem de fazer alguma coisa.

– Fazer o quê?

– Sei lá... o que sei é que não é possível pessoas

serem burladas, dessa maneira, gastar tudo o que economizaram durante uma vida inteira e ver, de repente, tudo destruído, tudo perdido. Não dá para se conformar com isso.

– Olhe lá o que você vai escrever, Roberto. Muito cuidado.

– Não se preocupe, Jorge. Sempre pondero muito antes de tomar uma decisão.

– Sei disso.

– Bem, vou andando.

– Onde vai acontecer esse protesto?

– Aqui, perto, defronte de um edifício onde a imobiliária fantasma tinha seus escritórios.

– Vou com você. Não tenho nada para fazer...

– Ótimo, Jorge.

Caminham, então, em direção ao local onde deverá haver o movimento de protesto, e Jorge não parece estar nem um pouco com vontade de conversar. Vão calados até que, já na metade do trajeto, atravessando uma pequena praça, veem um grande movimento na rua e na calçada defronte de um luxuoso edifício de apartamentos. Uma considerável multidão e alguns carros da polícia e do corpo de bombeiros tomam aquele local, onde todos olham para cima, mais precisamente para uma das sacadas do oitavo andar, onde um homem, em pé sobre o parapeito, ameaça atirar-se numa visível tentativa de suicídio.

– Você conhece, Jorge, algum morador desse edifício? – pergunta Roberto.

– Não... não conheço ninguém, não... – responde o amigo, visivelmente nervoso.

Roberto, então, imediatamente, apanha a câmera e começa a filmar. Com a teleobjetiva, procura focalizar, ao máximo, aquela figura humana que gesticula e grita palavras ininteligíveis, não parecendo dar ouvidos ao que um policial tenta lhe dizer, através de um megafone. Bombeiros preparam-se para esperar a queda do homem com uma grande lona presa a um aro na esperança de lhe amortecer a queda. Roberto percebe, através de sua lente, que o homem gesticula para que os bombeiros saiam de baixo. Não sendo atendido, começa a caminhar sobre o parapeito procurando um outro lugar para atirar--se. Como o prédio está localizado numa esquina, o quase suicida chega bem no canto e fica olhando para baixo. Nesse momento, Roberto percebe, pela expressão fisionômica do homem, que ele parece estar prestes a desistir de seu intento. E não só ele percebe isso, pois as pessoas, na calçada, já estão dizendo umas para as outras que ele não irá mais pular e começam a gritar: – Volte para dentro. Desista. Volte para dentro. Volte. Volte. Volte – e tudo leva a crer que, realmente, a multidão será atendida, já que o infeliz começa a descer uma das pernas para dentro da sacada, numa visível desistência de seu intento. As pessoas começam a respirar mais aliviadas. É quando, Roberto, através de sua câmera, vê surgir, por detrás, uma figura que ele não consegue ver direito. Tenta olhar sem a câmera. Volta, novamente, os olhos para o visor. E tudo acontece muito rápido. A figura que apareceu de repente, parecendo meio acinzentada, aproxima-se do homem e passa seu braço por sobre o seu ombro, parecendo conversar com ele. "– Está salvo"– pensa Roberto. Mas eis que o infeliz, parecendo estimulado agora por aquele outro, volta a subir no parapeito e, com sua visível ajuda, atira-se, despencando vertiginosamente em direção à calçada e à morte. Roberto acompanha a queda e volta a focalizar a sacada, agora, vazia.

– Ninguém vai prender o homem? – pergunta a Jorge, percebendo que a polícia não se movimenta em direção ao prédio.

– Que homem, Roberto? O homem está morto.

– O homem que empurrou aquele infeliz lá de cima. Eu vi com minha câmera.

– Eu não vi nada.

– Segure aqui.

Roberto, então, passa a câmera para Jorge e sai correndo em direção aos policiais, sem tirar os olhos da saída do prédio, temendo que o assassino fuja. Percebe que algumas pessoas estão entrando mas não vê ninguém saindo.

– Sargento, por favor. Talvez ninguém tenha percebido, mas alguém empurrou aquele homem. Eu vi tudo e ele ainda deve estar lá no prédio.

– Você viu o quê?! Alguém empurrou o homem?

– Sim. Tenho certeza. Olhe, sou advogado e estava filmando tudo. A câmera está lá com meu amigo. Posso provar. Mas não percam tempo. O assassino pode fugir.

– Eu não vi nada e não tirei os olhos daquela sacada, mas se o senhor diz que até filmou tudo, vamos averiguar.

Imediatamente, o policial, que parece ser o superior ali, arregimenta todos os outros e, com ordens rápidas, entram no prédio, deixando vigias na porta do edifício. Roberto fica na calçada, aguardando e, ao mesmo tempo, dando explicações e relatando o que viu a muitas outras pessoas que juram não ter visto nada, mas que parecem acreditar no que ele fala, principalmente, pelo fato de ele ser advogado e ter filmado tudo. Enquanto isso, os policiais percorrem todos os andares do prédio, batendo de porta em porta para certificarem-se de que nenhum estranho refugiou-se em um dos apartamentos, já que, no do suicida, não havia ninguém. Após exaustiva busca, a polícia convoca os moradores para reunirem-se no saguão do prédio. Quando todos ali já estão, forma--se uma verdadeira confusão. Muitos dos moradores haviam estado fora de seus apartamentos, na calçada ou na praça, na hora do suicídio e já haviam voltado para dentro. Outros, acompanharam, bem de perto, o acontecido, pois eram vizinhos com sacadas contíguas e não se conformam, agora, quando um dos policiais começa a anotar os nomes de todos como eventuais suspeitos do pretenso crime, já que não encontraram ninguém estranho no prédio e diz que eles serão chamados a depor.

– Mas isso é o cúmulo. Nunca, em toda minha vida entrei em uma delegacia – reclama um dos moradores.

– Eu estou sabendo o que aconteceu – diz outro. – Foi um advogado quem inventou toda essa história. Só que ninguém viu o homem ser empurrado. Sargento, o senhor vai acreditar num homem que nem conhece? Garanto que ele nem está mais lá fora. Tenho certeza de que ele criou toda essa confusão e agora deve estar se divertindo com tudo isto.

– Também acho. Você tem toda a razão – aparta um senhor de meia-idade. – Pergunte a todos que estavam lá. Não houve crime algum. O homem pulou porque quis. O senhor, mesmo, seu guarda, foi testemunha disso.

– Vamos sair e arrancar a verdade da boca desse cara safado. Vamos, pessoal – grita um sujeito atarracado.

– Calma, minha gente – pede o policial. – Não quero saber de mais encrenca por hoje.

– Ele não disse que filmou tudo? Vamos assistir ao vídeo. Ele, realmente, filmou o que aconteceu, seu guarda? Ele estava com uma filmadora nas mãos? – pergunta uma velha.

– Bem... realmente... não. Ele disse que havia deixado a câmera com um amigo.

– Vocês estão vendo? – replica o grandalhão. – Garanto que nem filmadora ele tinha. Não vamos perder mais tempo. Vamos lá, verificar o que ele tem a nos dizer, apesar de que tenho certeza de que já foi embora.

Nesse momento, o Sargento, percebendo o que poderia acontecer, caso o advogado tivesse mentido, ordena aos guardas que não deixem ninguém sair do prédio, prometendo aos moradores que irá lá fora assistir ao vídeo e que, assim que chegasse a uma conclusão, viria ter, novamente, com eles.

– E teremos que ficar, aqui, presos? – berra um senhor magrinho.

– O senhor não tem o direito de nos aprisionar aqui – complementa um outro. – Não somos assassinos e, muito menos, suspeitos. Não posso admitir uma coisa dessas. Nós vamos sair e agora, mesmo. Vamos sair, pessoal. Quero ver a polícia nos segurar. Somos cidadãos livres e ninguém, neste mundo, pode nos trancafiar em nossa própria casa.

O policial, percebendo, mais uma vez, a gravidade

da situação e o perigo até de um ato de violência, tal a força dos ânimos exaltados, age rapidamente, ordenando aos policiais que tentem conter, ao máximo, a saída daquelas pessoas e sai do prédio, à procura do advogado. Roberto está no mesmo lugar onde conversou com o policial e este corre em sua direção.

– Moço, você está numa tremenda enrascada. Venha comigo e rápido.

– Não estou entendendo.

– Não discuta e acompanhe-me.

– Mas... o meu amigo... a minha câmera...

– Esqueça o seu amigo agora, vamos logo.

Roberto não consegue entender nada do que está acontecendo. Procura por Jorge que, ainda com a sua câmera, havia ido comprar cigarros num bar, e vê quando este vem caminhando em sua direção, rapidamente, mas não dá tempo para que o alcance. O amigo, à distância, também não consegue entender porque Roberto entra, rapidamente com o policial, numa viatura que abandona o local, com a sirene ligada. Olha em direção ao prédio e vê policiais tentando evitar que as pessoas, que estão lá dentro, saiam para fora. É, então, que percebe que algo de muito grave deve estar acontecendo e resolve sair logo dali e procurar por Roberto. Pela experiência de anos de profissão, sabe a que Delegacia pertence aquela viatura, que não é tão longe dali, e resolve ir até lá.

– O que está acontecendo ali, na praça, moço? – pergunta-lhe um transeunte.

– Alguém se jogou de um prédio – responde Jorge.

– Mundo louco esse em que vivemos, não, moço?

Jorge não responde. Encontra-se apavorado, tentando descobrir o que foi que aconteceu, e também não tem coragem de aproximar-se do corpo do suicida.

"– Roberto disse ter visto mais alguém na sacada. Eu não vi ninguém... Bem ele estava com uma teleobjetiva... pode ser... mas... porque saiu correndo com o policial?" – pensa Jorge, preocupado e deveras nervoso.

***

Roberto faz todo o trajeto até a Central de Polícia, bastante surpreso, confuso e, até mesmo, apreensivo. O Sargento não lhe dirige uma única palavra, recebendo, apenas, uma resposta evasiva quando lhe pergunta o porquê de tudo aquilo.

– O que está acontecendo, Sargento? Por que o senhor obrigou-me a entrar nesta viatura, e para onde estamos indo? Fui, apenas, um espectador e a única coisa que fiz foi delatar um crime a que assisti. Pareceu-me que ninguém tomou conhecimento de que aquele homem foi empurrado.

– Olhe, moço, espero que esteja dizendo a verdade e que, realmente, tenha visto tudo o que disse ter visto, porque, senão, o senhor vai acabar se metendo numa grande trapalhada.

– Mas que trapalhada?

O Sargento silencia e não diz mais nada.

– Por favor, Sargento, sou um advogado bastante íntegro e até bastante conhecido e acho que tenho direito a alguma explicação para tudo isso.

– Não se preocupe, moço, pois terá todas as

explicações quando chegarmos à Central de Polícia, mas acredito que será o senhor quem terá que dar muitas e muitas outras explicações.

– Estamos indo para a Central?

– Sim. Para a Central de Polícia.

Roberto respira mais aliviado, pois o comandante daquele Destacamento é Raul, seu amigo, com quem, inclusive, havia conversado de manhã sobre o episódio que ocorrera em sua casa.

Finalmente, chegam ao destino e Roberto acompanha o Sargento até o interior do prédio, onde o movimento já é grande naquela hora da manhã. Enorme burburinho agita o local, com diversos policiais andando de lá para cá, enquanto um bom número de pessoas falam todas ao mesmo tempo, cada qual querendo reclamar de alguma coisa ou de algum acontecimento, tentando convencer os atendentes que seus problemas são mais graves que os dos outros que ali estão.

– Sargento, gostaria de falar com o Comandante Raul. Ele me conhece bastante e até somos amigos.

– Você é amigo do Comandante Raul?

– Sim. Pode ter certeza disso e garanto que ele vai ficar muito contente em me receber.

– Qual é o problema, Sargento? – pergunta um dos policiais que tomam depoimento das pessoas.

– Nenhum, Cabo. Estamos procurando o comandante Raul.

– Ele está em sua sala. O senhor quer que o chame?

– Não, obrigado. Vamos até lá. Por aqui, senhor.

Roberto acompanha o Sargento por alguns corredores e sobe uma escada até o segundo andar. Já conhece bem o caminho, pois já esteve ali, várias vezes. Aprendeu a gostar de Raul e muito admirá-lo, pois, além de ser um homem forte da Polícia daquela capital, não se deixou amoldar, como tantos outros, pela forja da violência e do embrutecimento que aquele serviço empresta aos homens. Enérgico, mas muito humano, sempre teve uma palavra de alento e de esperança para com todos que passaram por sob sua autoridade. E, se não bastasse isso, conseguiu fazer com que seus homens lhe seguissem esses seus passos, tornando essa Corporação Central um exemplo e constante alvo de elogios por todos os governantes e autoridades que conhecem o seu trabalho. Há quem diga que Raul possui tanta influência junto a diversos políticos de renome e de outras tantas autoridades militares, que seu nome já foi, por diversas vezes, cogitado para ocupar altos cargos dentro de sua especialidade.

– Com licença, Comandante.

– À vontade, Sargento. Pode entrar.

– Comandante, este senhor...

– Roberto! Entre, meu amigo. Vamos entrando. Sente-se. Obrigado, Sargento por acompanhá-lo. Pode sair.

– É que...

– Acho que o Sargento tem algo a lhe dizer, Comandante.

Raul olha para os dois, sem nada entender.

– Fique, então, Sargento, e feche a porta. Sentem-se, aqui.

– Bem, Comandante... Eu não sabia que vocês eram amigos, e...

– Fale, Sargento. Qual o problema?

– Sargento, – pede Roberto – fale o que aconteceu porque eu também estou muito curioso.

– Tubo bem. Eu fui atender a um chamado... um caso de tentativa de suicídio... um homem queria atirar--se de um prédio, como, de fato, atirou-se mesmo e...

O Sargento, conta, então, tudo o que ocorrera naquela manhã, desde quando fora chamado até o fato de ter de tirar Roberto do local, numa tentativa de protegê--lo contra os ânimos exaltados dos moradores do Edifício, deixando Jorge, o amigo de Roberto, para trás.

– Vocês vasculharam todo o prédio?

– Todo, Comandante. Posso garantir-lhe que se realmente houve alguém que empurrou aquele infeliz daquela sacada, esse alguém só pode ser um dos moradores. Fizemos uma investigação completa e bem feita e, lá, não havia ninguém que não fosse do prédio.

O Comandante fica pensativo, por alguns momentos.

– Você diz que filmou tudo, Roberto?

– Sim. Filmei todo o acontecimento e posso garantir que havia uma outra pessoa naquela sacada e que foi a causadora da morte daquele homem.

– E como era essa pessoa?

– Bem... não sei precisar direito. Na verdade, parecia mais um vulto... Foi interessante. Não consegui ver bem, mas tenho certeza de que a filmagem irá mostrar com mais detalhe e precisão.

– E a filmadora você deixou com o Jorge?

– Sim. Entreguei a ele quando corri em direção ao Sargento.

O Comandante meneia a cabeça, afirmativamente.

– Escuta, Roberto. O Jorge não viu nada?

– Ele disse que não.

– Ninguém viu nada, Sargento?

– Como já disse, houve pessoas, moradoras do prédio, que estavam até mais próximas, em outras sacadas e nada viram. Pelo menos, disseram nada ter visto.

– Muito estranho...

– Tenho certeza absoluta do que vi, Comandante. Além de ter filmado a cena, cheguei a olhar, a olho nu, para a sacada e, realmente, vi uma outra pessoa. Voltei os olhos para o visor da câmera e lá estava ela. Tenho certeza absoluta.

– Muito bem. Vamos tentar, então, localizar o Jorge e a sua câmera. Você, mesmo, não quer tentar ligar para ele? – pergunta para Roberto. – Pode usar este telefone.

– Obrigado.

Roberto liga, então, para a casa de Jorge mas este não havia retornado. Deise promete pedir a ele que entre em contato com a Central.

– Aconteceu alguma coisa, Roberto? Você parece nervoso.

– Não aconteceu nada, não, Deise. Coisas de advogado. Até logo e obrigado.

– Tchau e não se esqueça de dar lembranças à Débora.

Roberto desliga o telefone.

– Onde será que Jorge se meteu?

– Nesse momento, um interfone toca na sala.

– Alô – atende o Sargento. – Quem? Um tal de Jorge quer falar com o Comandante? Mande-o subir.

– Jorge está aqui?

– Deve ser – responde o Sargento.

– Se ele estiver com a minha câmera, vocês verão que falo a verdade.

Alguns instantes depois, batem à porta e Jorge entra com a filmadora de Roberto.

– Jorge, como vai? – cumprimenta-o Raul, levantando-se e indicando-lhe uma cadeira. – Sente-se.

– Alguém pode explicar-me o que está acontecendo? O Sargento, aqui, praticamente, arrastou Roberto para cá. Vim o mais depressa que pude.

– Quis apenas tirá-lo de uma encrenca.

– Encrenca? Não estou entendendo.

– Você já vai entender tudo – diz Roberto. – Dê-me a câmera. Você tem algum aparelho de vídeo, Raul?

– Tenho, sim. Vamos até a sala de instrução. Por favor, acompanhem-me.

Os quatro sobem, então, para o quarto andar e um técnico, daquele departamento, coloca o cartucho no aparelho que, acoplado a um projetor passa a projetar a cena num grande telão.

Assistem, então, ao dramático acontecimento. Quando o homem parece ter desistido de seu intento suicida, naquele momento em que começa a descer do parapeito da sacada, Roberto se adianta:

– É aí que vai aparecer a figura que o empurra.

Mas, para pasmo de Roberto, ninguém aparece. Nem figura estranha, nem vulto... ninguém. E o homem, completamente sozinho naquela sacada, parece mudar de ideia e, voltando para cima do parapeito, atira-se no espaço vazio. A câmera acompanha sua queda com a maestria de quem possui muita intimidade com ela para, em seguida tornar a subir, filmando o local totalmente vazio.

– Eu não entendo... Não é possível. Tenho certeza absoluta, meu Deus!

– Roberto...

– Por favor, projete, novamente.

O técnico olha para Raul e este endereça-lhe um sinal afirmativo. A cena volta a ocupar o telão e, mais uma vez, nada acontece. Não aparece ninguém, além do infeliz suicida.

– Vamos voltar, todos a minha sala – pede Raul. – Por favor.

Roberto, sentado ante o Comandante, o Sargento e o amigo Jorge, não sabe o que dizer mais para tentar convencê-los do que, realmente, vira. Fica prostrado e extremamente apalermado diante de algo que, além de não entender, não tem a mínima ideia do que os amigos estão pensando dele, nesse momento. E é Raul quem vem em seu socorro.

– Sabe, Roberto, sei como deve estar se sentindo e quero lhe dizer que, sinceramente, acredito em você. Sei que não aconteceu nada do que nos relatou, pois a maior prova está na filmagem que fez, mas, creio, realmente, quando você diz que viu algo. Essas coisas acontecem com quase todo o mundo. Agora, se você quer uma explicação, não sei lhe dar. Poderia, ser, talvez, uma sujeira na lente ou no visor de sua máquina. Você mesmo disse que não dava para definir direito a tal pessoa. Pode ser também, quem sabe, um pouco de cansaço mental, afinal, pelo que sei, tem trabalhado bastante e é muito preocupado com a sua profissão.

– Também penso assim – apoia Jorge. – Eu mesmo...

– Escutem, meus amigos. Não quero insistir, mas... tenho certeza do que vi. Sei que lhes parece impossível e sei também que procuram alguma forma de me desculparem por todo esse transtorno, mas...

Roberto não sabe mais o que falar e apenas meneia a cabeça num claro gesto de desalento e desânimo.

– Roberto, – insiste Raul – por que você não tira umas férias?

– Acho uma ótima ideia – opina Jorge. – Você sabe que pode tirar uns dias quando quiser. Tenho certeza de que os clientes que você assessora concordarão em que fique afastado por alguns dias e, quanto ao serviço do escritório, pode deixar que eu vou dar conta, direitinho. Na verdade, não há nada de muito urgente.

– Por favor, não se preocupem assim. Sinto-me muito bem. Talvez, tenha visto, mesmo... sei lá... pode ter sido algum reflexo ou, até, alguma sombra... alguma mancha no fundo do olho que, naquele preciso ângulo tenha aparentado alguma outra coisa...

– Bem, pessoal, tenho que voltar ao local do sinistro – interrompe o Sargento. – Preciso dar algumas explicações para os moradores daquele prédio. Se é que já não o destruíram – complementa, em tom de brincadeira, numa tentativa de quebrar o gelo daquele ambiente.

– Eu sinto muito por tudo, Sargento, mas...

– Não se preocupe, moço. Já vi tanta coisa nessa minha carreira, que nada mais me afeta. E, além do mais, acredito em suas palavras e na sua honestidade. Não se preocupe mais e procure esquecer tudo isso.

– Obrigado pela sua compreensão e, por favor, peça desculpas, em meu nome àqueles moradores.

– Pode ficar tranquilo. Quando eu disser a eles que ninguém é mais suspeito de nada e que não precisam prestar depoimento algum, tenho certeza de que se esquecerão bem rápido de tudo. Até mais.

– Até qualquer dia. Bem, Raul, também tenho que ir embora e... sinceramente... não sei mais o que dizer...

– Pois eu sei. Quero que me prometa que irá nos visitar qualquer dia. Eu e Verônica ficaríamos muito felizes em receber você, Débora e sua filhinha. E não se esqueça: férias, rapaz. Férias.

– Vou pensar sobre isso, Raul, e quanto à visita, pode ter certeza de que, qualquer dia destes, iremos visitá-los. Mais uma vez, desculpe-me e espero que tenha um bom dia, aliás, um bom plantão.

Roberto estende a mão para Raul e este, dando a volta à mesa dá-lhe um terno abraço de amigo.

– Você vem comigo, Jorge?

– Não, Roberto. Vou só me despedir de Raul e irei caminhar um pouco – responde, aparentando um certo nervosismo.

Roberto retira-se, lentamente, da Central de

Polícia. Tudo lhe parece estranho. Uma pequena dor nas têmporas o incomoda e sente-se profundamente mal com tudo aquilo que lhe aconteceu. Ainda tem plena convicção de que viu alguém mais naquela sacada, apesar de, agora, não saber precisar bem o que, realmente, enxergou. O que será que Jorge e Raul estariam pensando dele, nesse momento? Será que acreditaram nele? Lembra-se, então, do compromisso com Débora, porém, antes de olhar para seu relógio, procura adivinhar que horas seriam. Não tem a mínima ideia. Tenta fazer um cálculo mental, mas não consegue. Só, então olha para o pulso. "– Meus Deus! – pensa. – Já é tarde. Como o tempo passou rápido!" Corre para o meio-fio e apanha o primeiro taxi que aparece, dirigindo-se para o estacionamento, onde havia deixado seu automóvel. Percorre, afoito, o caminho até sua casa e, para seu espanto, vê-se, por raríssima vez, completamente nervoso com o trânsito que lhe parecia, apesar de pequeno, atrapalhar sobremaneira sua pequena viagem.

III

O livreto

– O QUE HÁ COM VOCÊ, ROBERTO? – PERGUNTA-LHE, Débora, insistente, pela terceira vez.

– Que é isso, meu bem? Já lhe disse que não tenho nada.

– Você me parece tão esquisito. Chegou em casa, lívido, despenteado, com uma fisionomia estranha e foi, imediatamente, tomar um banho. Você nunca toma banho a essa hora do dia. E, mesmo, agora... ora, Roberto, eu conheço você... Vamos, meu bem, diga-me o que está acontecendo.

– Sinceramente, Débora, estou bem. Apenas senti-me um pouco suado e resolvi banhar-me antes de irmos almoçar. Você está pronta?

– Tudo bem, não vou perguntar mais, mas que você está estranho, isso está. Já estou pronta, sim. Podemos ir.

Então, vamos.

Durante todo o trajeto, Débora fica observando o marido que, completamente calado e alheio a tudo, limita-se a dirigir o carro. Parece estar com a mente bem distante dali. Começa a se preocupar, mas não diz nada, pois sabe que aquela não é a hora mais apropriada para perguntas. Finalmente, chegam ao restaurante, onde o proprietário os recebe, efusivamente, pois já conhece o casal.

– É um grande prazer, para a casa, recebê-los, novamente. Já faz algum tempo que não nos honram com suas presenças.

– Obrigado, Rafa, você está sendo muito gentil. Será que aquela mesa, lá no fundo, está desocupada?

– Está, sim, e sei, muito bem, qual. Sigam-me, por favor.

Roberto e Débora sentam-se e abrem o cardápio.

– Roberto, hoje saio do sério. Que venha esta bacalhoada, que é a maior delícia do mundo!

– Pois, vamos sair do sério, juntos, e comer até não podermos quase nos levantar da cadeira.

Riem. Débora sente-se, então, mais aliviada em perceber que o marido já está mais descontraído, apesar de ter a certeza de que algo devia ter-lhe acontecido de manhã.

Após mais alguns minutos, são servidos pelo garçom, e Débora já começa a almoçar e pergunta a Roberto:

– Você assistiu ao ato de protesto da Vila Mendes?

– Não. Não assisti.

– O que aconteceu?

– Bem... é que encontrei o Jorge e tivemos que... olha, Débora, você sabe que eu nunca menti para você e não é agora que vou fazê-lo... deixe para lá... vamos almoçar, passear e eu lhe prometo que, qualquer hora, eu lhe conto o que aconteceu. Não foi nada demais e nem de importante, mas, gostaria de não falar nisso, hoje.

– Tudo bem...

– E Raquel? Você telefonou para ela?

– Puxa, pensei que você não fosse perguntar. Telefonei, sim. Ela está radiante. Disse que vai passear no zoológico, mas que está com muitas saudades.

– À noite, iremos buscá-la.

– Você ainda não tocou em seu prato...

– Oh, sim. É que quando estou com você à minha frente, eu me esqueço de tudo o mais.

– Você é o galanteador mais mentiroso que já conheci.

– Ah! Acabou de confessar que já conheceu outros.

– Ora, Roberto, foi força de expressão. Você sabe, muito bem, que só conheci você.

Riem. Roberto, agora, sente-se um pouco mais calmo e chega a esquecer-se do que lhe acontecera, voltando a ser como sempre foi: alegre e eterno admirador apaixonado da esposa. Quando terminam de almoçar, passeiam por todo o parque, onde se encontra localizado o restaurante. Caminham, de mãos dadas, durante um bom tempo, conversando sobre todos os assuntos que lhes vêm à cabeça. Sempre gostaram de fazer isso, pois que lhes relaxavam e acalmavam o corpo e o espírito, principalmente, depois de uma semana de muito trabalho e ocupações. À tardezinha, voltam para casa, tomam um lanche e dirigem-se até a casa de Ciro para buscar Raquel.

– Mamãe! Papai! – grita a menina, quando vê os pais que entram na casa dos tios e corre em direção a eles, abraçando-os, pelas pernas. Roberto ergue a menina e a carrega no colo, enquanto Débora beija-lhe, repetidas vezes, o alegre e corado rostinho.

– Estava morrendo de saudades da menina mais bonita do mundo! – brinca Roberto.

– Divertiu-se bastante, filhinha? – pergunta-lhe Débora.

– Tio Ciro, tia Dalva e eu fomos ver os bichos.

– Onde vocês foram ver os bichos?

– No zo... zo... onde mesmo, tia?

Todos riem.

– No zoológico, Raquel. Ela treinou tanto para falar essa palavra para vocês e, agora, acabou esquecendo.

Mais risadas, inclusive da menina que, sentindo-se alvo das atenções, desvencilha-se do pai e faz festas com todos.

– Mas não fiquem parados aí. Vamos sentar um pouco na sala.

– Só por alguns momentos, irmão – diz Roberto. – Já está tarde e estamos um pouco cansados. Vocês também devem estar e amanhã é segunda-feira.

– Que nada, Roberto, ainda é cedo. Sente-se, um pouco. Vou buscar alguma coisa para comermos.

– Não precisa se incomodar, Ciro.

– Pois, faço questão. O que você prefere? Não precisa me dizer. Vou buscar o que você mais gosta.

– Está bem.

Nesse momento, enquanto Ciro dirige-se inicialmente até o bar, em um canto da enorme sala de sua residência, Roberto passeia pelo cômodo e passa defronte da porta interna da biblioteca do irmão. Esta encontra-se ligeiramente aberta e Roberto vê alguém, lá dentro, sentado à escrivaninha e olhando, fixamente para ele. Trata-se de um homem de rosto bastante desfigurado. Roberto assusta-se e violento arrepio lhe percorre todo o corpo, enquanto um zumbido lhe toma os ouvidos, parecendo lhe atordoar os sentidos. Sua visão modifica-se e passa a ver somente aquele ser horrendo sentado pois, à sua volta, tudo escurece. Essa visão acontece de maneira rapidíssima. No mesmo momento em que vê a grotesca figura, pergunta ao irmão que já está ao seu lado oferecendo-lhe um prato com castanhas de caju: – Quem é esse homem, Ciro?! Volta-se, então, para mostrar-lhe de quem está falando e, qual a sua surpresa em não ver mais ninguém à escrivaninha. Abre violentamente a porta do escritório e este está vazio.

– De quem você está falando, Roberto?

– Do homem. Um senhor meio desfigurado que estava sentado, bem ali.

– Não estou vendo ninguém.

Entram, então, os dois, no cômodo e fazem uma ligeira verificação no ambiente. Olham atrás da porta aberta e abrem todas as portas de um armário embutido, mas nada encontram.

Nesse instante, entram Débora e Dalva.

– O que vocês estão fazendo, escondidos aqui? – pergunta a esposa de Ciro.

– Roberto parece ter visto alguém neste cômodo, mas acho que foi impressão dele, pois revistamos tudo e não há ninguém.

Débora olha preocupada para o marido pois, naquela manhã, também dissera ter visto alguém no jardim de sua casa, mas prefere não dizer nada para o cunhado.

Roberto encontra o olhar da esposa e parece ler em seus olhos o que ela está pensando. Sente um estranho medo apossar-se dele. É a terceira vez, num mesmo dia, que parece ver pessoas, figuras, ou sabe lá o quê, que ninguém vê e que, na verdade, não devem mesmo existir.

– É... – tenta desculpar-se, Roberto. – Deve ter sido impressão minha.

– Impressão? – pergunta-lhe Ciro. – Como, impressão? Se você tivesse visto algum vulto ou mesmo uma sombra, poderia ter sido uma impressão, mas você disse ter visto uma pessoa desfigurada. Deixe-me examinar a janela. Pode ser que tenha sido arrombada e quem estava aqui, fugiu.

– Deve ter sido impressão minha, Ciro, não se preocupe.

Mas o irmão não lhe dá ouvidos e examina, atentamente, a janela do escritório.

– Não. Ela não foi arrombada, pois não há sinal algum. Você costuma ver coisas, meu irmão?

Roberto, ainda não refeito de tudo que lhe acontecera naquele dia, não consegue disfarçar a sua contrariedade em ter de responder perguntas. Volta para a sala, senta-se em uma poltrona e fica em silêncio. Todos vão atrás dele.

– O que está acontecendo? – insiste Ciro. – Você ficou bravo com alguma coisa?

– Não, em absoluto. Apenas estou muito cansado e um pouco chateado com essa história toda.

– Que história? – pergunta-lhe Débora, desta vez de maneira, até certo ponto, firme e autoritária.

– Olhe, pessoal, eu não estou muito bem, hoje. Quero que vocês me desculpem, mas preciso ir embora, descansar um pouco. Qualquer dia destes, a gente volta e aí, então, poderei, talvez, falar sobre o assunto. Agora, não dá. Desculpe-me Ciro. Você, também, Dalva. Vamos, Débora. Pegue Raquel e vamos para casa.

– Você tem certeza de que está bem? – pergunta-lhe Dalva, preocupada com todo esse mistério e, principalmente, com a maneira de Roberto falar e movimentar-se, parecendo estar carregando o mundo nas costas.

– Podem ficar tranquilos. Uma boa noite de sono e ficarei em perfeito estado. Acho que ando trabalhando demais.

– Pode ser. Por que não tira umas férias? – pergunta-lhe Ciro.

– Pois é o que pretendo fazer. Hoje, de manhã, lá na Central de Polícia, Raul e Jorge me disseram a mesma coisa.

– Central de Polícia? – pergunta-lhe Débora. – O que você estava fazendo numa Central de Polícia?

– Roberto é um advogado, Débora, e tem que estar em muitos lugares, inclusive numa Central de Polícia.

– Eu sei... mas é que Roberto nunca esteve na Polícia na parte da manhã.

– Como você sabe disso? – interrompe Dalva. – Anda espionando seu marido? – brinca.

– Não e nunca farei isso, pois não acho certo. Mas você ainda não respondeu à minha pergunta.

– Por favor, Débora. Depois a gente conversa.

– Roberto tem razão – interrompe Ciro, percebendo que o irmão, realmente, não quer tocar em algum assunto na frente deles. – Também acredito que uma boa noite de sono vai deixá-lo novo em folha. Mas quero que me prometam que se algo não estiver bem... se houver qualquer problema, que me telefonarão. Vocês sabem que podem contar comigo a qualquer hora e para o que der e vier. O mesmo afirmo em nome do Luís Alberto, Irmãos são para isso mesmo. Além do que, amamos muito vocês.

– Muito obrigada, Ciro – Débora agradece. – Você e Dalva sempre foram muito atenciosos e nós os amamos muito. Luís Alberto e Adriana também, sempre tão solícitos e amáveis...

– Não se preocupe, irmão. Estou bem. Amanhã eu lhe telefono.

– Agradeceria muito se você fizesse isso. Ficaria bem mais tranquilo.

Depois das despedidas e da festa que os tios fazem com a menina, Roberto e Débora voltam para casa. Durante todo o trajeto não trocam uma única palavra. Roberto, por estar ainda bastante chocado e, na verdade, por nem mesmo saber o que lhe está acontecendo. Débora, porque não quer conversar sobre o assunto perto da filha. Ambos limitam-se, então, a conversar e brincar, às vezes, com Raquel que nem chega a corresponder-lhes, pois o sono já começa a tomar-lhe conta, fazendo com que já chegue em casa dormindo.

∗∗∗

Depois de um bom banho, o casal acomoda-se num banco, no jardim da casa, onde, de manhã, Roberto disse ter visto alguém. E é Débora quem inicia a conversa.

– E, então, amor, não vai dizer-me o que está acontecendo?

– Sabe, Débora, realmente, algo de muito estranho ocorreu comigo hoje, por três vezes.

– E o que foi?

– Antes, gostaria de lhe fazer uma pergunta. Você conversou com nossos vizinhos sobre a pessoa que vi, hoje de manhã?

– Sim. Conversei com a Aparecida e com a Lídia.

– E a polícia esteve na casa deles?

– Esteve e não encontraram ninguém. Vasculharam tudo.

– Sim...

– Agora, o mais estranho é que ambos seus maridos, nessa hora, estavam em seus jardins. Luís estava limpando sua churrasqueira e Nelson, regando as plantas. Disseram ser impossível alguém ter pulado o muro sem que eles tivessem visto e você que sabe que só há duas maneiras de uma pessoa sair do nosso jardim: pulando o muro da direita ou o da esquerda.

Roberto fica pensativo durante alguns minutos e, então, conta à esposa tudo o que aconteceu naquele dia. Débora ouve-o, entre atenta e assustada. Não sabe o que dizer ao marido, pois não vê explicações plausíveis mas, mesmo assim, tenta acalmá-lo, ao notar a grande preocupação que começa a tomar conta dele. Nunca, em toda a sua vida, viu-o desse jeito. Percebeu que um dos cantos de sua boca tremia enquanto ele lhe narrava aqueles fatos.

– Roberto, acho que você não deve preocupar-se muito. Talvez nunca mais lhe aconteça essas coisas. Sei lá... pode ser que isso seja algo passageiro, fruto de um pouco de cansaço. Você tem trabalhado demais.

– Também espero, Débora. Sabe, eu não tenho medo... como dizer...? não penso em nada de paranormal, de fantástico, de coisas do outro mundo. Você sabe que não acredito nessas estórias. Não acredito, mesmo. O que eu temo... você lembra quando fiz um trabalho jurídico sobre aquele hospício... como era mesmo o nome dele?

– Roberto, pelo amor de Deus, nem fale nesse tipo de coisa. Sei o que está querendo dizer. Você é normal, amor. Uma pessoa normal, equilibrada, que nunca teve um só momento de descontrole emocional. Por favor, não pense nisso.

Débora abraça, carinhosamente, o marido, numa tentativa de tirar-lhe esse tipo de preocupação, esses pensamentos, os quais ela nem quer ouvir falar, pois assistiu às filmagens que Roberto fez sobre aquele manicômio e lembra-se de ter se sentido muito mal, vendo todas aquelas pessoas, internadas, mesmo sabendo estarem sendo ali tratadas com muita atenção e carinho.

– Deixe-me continuar, Débora, muitos daqueles internos, Débora, estavam lá porque pensavam ver e até conversavam com seres que só existiam em suas mentes. Vi, em muitos deles, expressões de intenso medo, expressões de imenso terror. São coisas da mente e ninguém está livre de contrair algo dessa natureza. Soube que, muitos, ali, começaram a ter essas visões depois de adultos. É com isso que me preocupo.

– Não pense dessa maneira, Roberto. Pelo amor de Deus, tire isso de sua cabeça. Olhe, eu tenho certeza de que nunca mais vai lhe acontecer nada. Você vai ver. Isso é passageiro.

Roberto, percebendo que a esposa já está a ponto de prorromper em lágrimas, procura aceitar o que ela tenta, de toda forma, convencê-lo.

– É, talvez você tenha razão. Quem sabe, nunca mais aconteça essas coisas comigo. Afinal de contas, como você disse, acho que, realmente, sou uma pessoa bastante equilibrada.

– Mas é lógico. Esse tipo de doença, geralmente, acontece com tipos que, mentalmente, já possuem problemas, talvez, com tendência desde a infância. Mas você sempre foi uma pessoa normal, satisfeita com a vida, alegre. Tire essas bobagens da cabeça, amor.

– Tudo bem... tudo bem. Então, vamos dormir que já é tarde.

– Vamos, sim. Nós dois estamos precisando de um bom descanso.

O casal deita, mas nenhum dos dois consegue conciliar o sono e fingem que estão dormindo, a fim de tentar convencer, um ao outro, que não estão nem um pouco preocupados.

Somente por volta das três e meia da manhã é que Roberto consegue dormir, porém tem um sono agitado, sonhando com temas confusos e perturbadores que o fazem debater-se muito.

No dia seguinte, após telefonar para Jorge, como este havia lhe pedido, dirige-se para uma das dependências da casa, onde está instalado o seu escritório. É ali que, quase todas as manhãs, ele trabalha ou redige artigos, a maioria tratando de temas, os mais variados, que coleciona em pastas. Talvez, um dia, mostre a alguém e, quem sabe, os publique.

Nessa manhã, porém, não consegue concatenar as ideias, tão preocupado se encontra com o que ocorreu no dia anterior e, principalmente, por algo que nunca chegou a revelar a Débora e que, agora, parece lhe martelar a mente: possui dois antecedentes consanguíneos, já falecidos, que sofriam de distúrbios mentais e que, periodicamente eram internados, em estado gravíssimo, devido a ataques alucinatórios. Tenta desviar a ideia desses fatos, procurando agarrar-se àquilo que Débora havia lhe falado na noite anterior, ou seja, de que, talvez, isso nunca mais viesse a lhe acontecer. Respira fundo, numa tentativa de assimilar essa ideia, levantando os olhos em direção à grande estante de livros e pastas que tem à sua frente, deparando-se com a lombada de um pequeno livreto que lhe tinha sido dado, gentilmente, pelo diretor do manicômio que havia visitado e filmado. Não se lembra mais do que lera na época e, a contragosto, resolve lê-lo mais uma vez. Quem sabe, seus sintomas não se enquadrem em nenhuma das instruções ali contidas, visto que esse pequeno manual é destinado ao corpo de enfermeiros daquela casa de saúde. Apanha-o e começa a procurar o que mais lhe interessa, fazendo anotações em um bloco de papel, sobre o que julga mais importante.

"Psicoses esquizofrênicas", "Esquizofrenia = loucura para os leigos", "Schisein (dividir) e phren (mente ou personalidade) = divisão mental", "Fatores hereditários já constatados por estudiosos", "Doença que, no começo se caracteriza por surtos intervalados e que, com o tempo, faz com que esses intervalos diminuam", "Alucinações visuais são características da doença, assim como alucinações auditivas ou de outros sentidos".

Roberto sente um choque quando lê sobre fatores hereditários. Lembra-se de que seus pais sempre falavam sobre um tio e uma tia que tiveram esse tipo de mal e que diziam ver pessoas ou até mesmo figuras horrendas que lhes ameaçavam. "– Preciso tirar essas ideias da cabeça. Tenho certeza de que nunca mais isso acontecerá comigo." – pensa, numa tentativa de se convencer, enquanto abre uma das gavetas da escrivaninha e esconde, ali, sob uns papéis, o livreto. Sabe que não conseguirá trabalhar e sai da sala, dirigindo-se para a cozinha, onde Débora dá instruções a Justina quanto ao almoço.

– Bom dia, seu Roberto.

– Bom dia, Justina. Tudo bem?

– Quase, seu Roberto. Enquanto não despejarem a gente, lá das casas...

– Você acha que deu algum resultado o protesto que vocês fizeram, ontem?

– Não sei, não. Apareceram, lá, alguns representantes do proprietário dos terrenos e pareceu-me que tentarão dar um jeito na situação. Pelo menos, prometeram encontrar algum outro local para a construção da fábrica, mas, pelo que entendi, teremos que indenizar o homem.

– Indenizar, Justina? Mas... não era ele quem iria indenizá-los?

– Não sei direito. Meu marido é que sabe explicar tudo direitinho.

– Se precisarem de algum coisa, é só falar que eu e a Débora tentaremos dar um jeito.

– Eu lhe agradeço muito, seu Roberto, mas tomara que tudo dê certo.

– Vai dar, sim. E, no que precisar, nós lhe ajudaremos. Débora, vou sair um pouco, mas volto para o almoço.

– Você vai até o escritório?

– Não. Vou, apenas, caminhar um pouco. Preciso arejar, um pouco, a mente.

Débora acompanha o marido até a porta.

– Você está bem, Roberto?

– Estou. Apenas quero colocar meus pensamentos em ordem e, para isso, nada como uma boa caminhada.

– Você tem razão. Mas, por favor, não se preocupe demais com o que lhe aconteceu. Você é uma pessoa maravilhosa, equilibrada. Nunca mais vai tornar a acontecer. Tenho certeza absoluta disso.

– Também acho. Pode acreditar.

Roberto resolve, então, nesse momento, nunca mais falar alguma coisa a Débora sobre esse assunto, pois percebe que ela está por demais preocupada com ele. De repente, volta-se.

– Oh, estou esquecendo minha carteira. Deixei-a em cima da minha escrivaninha. Aguarde um momento, querida. Vou apanhá-la.

Roberto, então, dirige-se ao escritório e apanha a carteira. Quando está saindo, ouve dois estalidos que parecem vir de sua estante. Volta-se e, grande calafrio lhe percorre a espinha dorsal, enquanto que uma grande estupefação toma-lhe conta dos pensamentos. O livreto que havia guardado na gaveta encontra-se, novamente, dentre os livros, numa das prateleiras. "– Meu Deus! Tenho absoluta certeza de que o guardei aqui." – pensa, enquanto abre a gaveta da escrivaninha e ergue alguns papéis. Nesse momento, outro choque lhe acomete os sentidos. O livreto encontra-se, ali, no mesmo lugar que o colocara. Volta o olhar para a estante e já não o vê mais lá. Deixa-se cair, pesadamente, sobre a cadeira e fica olhando, apalermado e sem forças, para a frente. Profundo abatimento cai sobre si, tornando-o imóvel, fazendo com que não consiga mover um só músculo do corpo. Somente com profundo esforço é que consegue apoiar-se na escrivaninha e colocar a cabeça sobre as mãos. "– Não. Isto não está acontecendo comigo. Não pode..." – não termina o pensamento. Uma risada ecoa na sala de estar. É Débora quem ri. Roberto dá um pulo da cadeira e sai correndo em direção a ela, agarrando-a pelos braços e sacudindo-a.

– De que você está rindo?! – berra com ela que, sem saber o que está acontecendo, assusta-se, olhando, atemorizada e espantada, para o marido. – Está rindo de mim?! – continua a gritar.

– Roberto, por favor, você está me machucando. Olhe nossa filha ali. Pelo amor de Deus. O que está acontecendo?

– Papai, pare! Não machuque a mamãe!

Roberto solta a esposa e volta-se para Raquel. A menina, com os olhos arregalados, corre em direção de Débora e a abraça.

– Fala para o papai parar, mamãe. Eu tenho medo.

– Calma, filhinha, está tudo bem, não é, Roberto?

Este não sabe o que dizer, pois percebe o que acabou de fazer. Conclui que, logicamente, a esposa estava rindo de alguma coisa relacionada com a menina.

– Venha aqui com o papai, filhinha – pede Roberto, sentando-se em uma poltrona.

Raquel percorre, com o olhar assustado, o pai e a mãe por diversas vezes, sem saber o que fazer. Débora não sabe o que aconteceu com o marido, mas percebe que ele também está tremendamente abismado com o que fez e resolve ajudá-lo.

– Vai lá com o papai, Raquel. Ele estava só brincando.

– Papai estava só brincando? – pergunta, enquanto, devagar, vai se aproximando dele.

– É claro, meu amorzinho. Papai estava brincando com a mamãe.

A menina corre e o abraça, beijando-lhe o rosto.

– Não brinca mais, assim, não, que eu tenho medo.

– Desculpe-me, filhinha. Papai não queria assustá-la. E prometo não brincar mais desse jeito. Você acordou agora?

– Acordei.

– Então, vai pedir para a Justina preparar o seu leitinho.

– Vai, filhinha – pede-lhe Débora.

Raquel sai da sala em direção à cozinha, deixando o casal a sós. Roberto abaixa a cabeça e não sabe o que dizer. A esposa compreende que algo de anormal aconteceu com ele e percebe a difícil situação em que ele se encontra. Por isso, aproxima-se, senta-se no braço da poltrona e, trazendo sua cabeça até seu colo, acaricia seus cabelos.

– Perdoe-me, Débora. Não sei que dizer.

– O que aconteceu quando você estava lá no escritório? Tenho certeza de que algo de anormal ocorreu.

– Não sei o que está acontecendo comigo. Eu...

Pela primeira vez em toda a sua vida de casada, Débora vê o marido com a voz embargada e lágrimas nos olhos.

– Meus Deus, como você está nervoso. O que é isso? O que está acontecendo com você?

– Estou com muito medo, Débora.

– Medo do quê? O que aconteceu, lá no escritório? Você teve mais alguma visão?

– Não sei... já nem tenho mais certeza... Depois que acontece, nem mesmo sei se aconteceu realmente.

– E o que aconteceu? Por que ficou tão bravo comigo?

Roberto, narra, então, o episódio do livreto, desde o momento em que o guardou na gaveta. Não se contém e lhe fala também sobre o que leu a respeito da hereditariedade e dos parentes que tinha com esse tipo de problema.

– Mas, por que você quis ler isso, amor? Você não

está louco, não, e nem vai ficar. Olhe, tenho certeza de que isso que está lhe acontecendo, não passa de uma estafa. Hoje mesmo iremos marcar uma consulta com um bom especialista e você vai ver como eu tenho razão.

– Não sei, não, Débora. Sabe... eu tenho até medo de consultar um médico. Aliás, estou com medo até deste momento agora. Tenho medo de voltar a agredir você ou a nossa filhinha. Você viu o que aconteceu.

– Não vai acontecer outra vez, Roberto. É só você se controlar.

– Tudo bem, mas, não quero ir a um médico, já. Dê-me um tempo. Quem sabe, não aconteça mais nada.

– Acho que você ficou não só preocupado, como também impressionado demais. Procure não pensar mais nisso tudo. Procure pensar em outras coisas. Passeie um pouco, divirta-se e verá que tudo vai melhorar.

– Só espero que você me perdoe. Meu Deus, nunca fui ríspido com alguém, principalmente com quem mais amo.

– Bem, então, estamos combinados – interrompe Débora, procurando desviar, um pouco, o assunto –, você vai tirar uma semana de folga e nós vamos passar esses dias na praia, no apartamento seu e de seus irmãos. E vamos hoje mesmo.

– Acho que tem razão e vai ser muito bom para a Raquel. Estou muito preocupado com o que ela viu agora há pouco. Prepare as coisas, enquanto telefono para o Ciro, avisando-o.

Naquela mesma tarde, o casal e a filha seguem para a praia. Nada mais acontece a Roberto e divertem-se muito, principalmente depois de passados os dois primeiros dias, quando, sentem-se, realmente, livres daquele problema. No domingo, voltam completamente modificados, parecendo terem sido recarregados de muita energia e grande otimismo. Quase nem se lembram mais do que ocorrera com eles. Roberto encontra-se muito empolgado e não vê a hora de recomeçar seu trabalho. Tem, inclusive, a ideia de remodelar seu escritório com móveis novos e algumas divisórias. Seu entusiasmo é grande e diz não ver a hora de chegar a manhã seguinte para pôr em prática todos esses seus planos. Débora, por sua vez, não cabe em si, de tanta felicidade, por ver seu marido tão contente, tão otimista e com tanta vontade de realizações novas. Pensa em como havia sido bom esse passeio que fizeram, em como era importante as pessoas terem alguns dias de descanso, após meses de trabalho.

IV

Visões

No dia seguinte, levantam cedo, tomam o café e Roberto dirige-se para sua sala de trabalho, a fim de apanhar alguns papéis e ir para o escritório, porém uma nova surpresa está reservada para ele. Antes de sair, senta-se e tenta escrever sobre um assunto que já delineara mentalmente, mas não consegue passar uma só palavra para o papel. Quando tenta começar a escrever, ideias estranhas, confusas e ininteligíveis lhe afloram o pensamento, embaralhando toda a frase que pensa. Levanta-se, respira fundo, vai até a janela, tenta distrair-se, até voltar tudo ao normal. Porém, quando senta para escrever, como que uma avalanche de ideias aleatórias deturpa e confunde a principal. Tenta várias vezes, mas não consegue, enquanto que um estado de sonolência incontrolável começa a dominá-lo. Vencido, deita a cabeça por sobre a escrivaninha, mas não dorme. Fica como que em transe, com o corpo completamente sem controle de movimentos, porém, a mente bastante lúcida.

Por mais que tente, não consegue se mexer e nem falar, pois quer chamar Débora e não consegue articular uma só palavra.

"– O que está acontecendo comigo, meu Deus?!" – pensa, já em desespero. E uma voz horrível, parecendo vir das profundezas de seu próprio ser, ecoa dentro de sua cabeça, martelando seus ouvidos de dentro para fora, como se houvesse um alto-falante a falar-lhe com uma nitidez incrível:

– Você nunca mais vai conseguir escrever, Roberto. Não vamos permitir.

"– Meu Deus, será que vou começar a ouvir vozes agora? Preciso levantar-me daqui." – pensa, enquanto faz tremendo e inútil esforço para levantar-se.

– Não adianta insistir. Tiramos suas forças.

"– Quem?! Quem?! Por quê?!" – volta a pensar, desesperadamente, tentando manter algum contato com aquela voz.

– Somos muitos, Roberto. Quem você pensa que é para nos enxergar? Não estamos gostando disso. Não queremos que ninguém nos veja, muito menos você, que escreve sobre tudo o que lhe passa à frente. Não vamos permitir. Somente permitimos ver quando queremos. Não vamos permitir. Vamos enlouquecê-lo. E sabe como? Sabe como? Vamos lhe mostrar. Levante sua cabeça agora e olhe para a frente.

Roberto, agora, não precisa mais fazer esforço algum para erguer o olhar, sentindo-se, apenas, atordoado e com forte dor na nuca. Novo estremecimento lhe percorre o corpo. Dá um grito e desfalece, quando, ao erguer os olhos, defronta-se, bem à sua frente e a poucos metros de si, com algo que poderia descrever como uma horrenda e nauseante figura que, parada, faz-lhe gestos ameaçadores. Na verdade, parece-lhe que alguém saiu de um túmulo em adiantado estado de putrefação e veio ter até ali. Seu desfalecimento deu-se no momento em que aquele ser partiu em sua direção, parecendo querer atacá-lo.

– O que foi, Roberto?! O que aconteceu?! – pergunta-lhe, desesperadamente, a esposa, erguendo-o da escrivaninha e dando-lhe alguns tapas no rosto, para reanimá-lo.

Roberto levanta-se, de um salto, abraça-se na esposa, como que querendo proteção.

– Onde está ele? Ele foi embora? Não o deixe entrar aqui de novo! Não o deixe!

Parece uma criança assustada e tremendamente apavorada, falando e olhando com terror para todos os lados.

– De quem você está falando, Roberto?! Pelo amor de Deus!

– Você sabe! Aquele morto! Ajude-me! Não deixe ele voltar!

Débora fica horrorizada com aquilo tudo, principalmente com a maneira como o marido está agindo e grita por Justina, para que esta venha ajudá-la.

Roberto, então, desvencilha-se da esposa e sai correndo em direção à sala, onde não sabe o que fazer e nem para onde ir, tal é o seu estado de desespero e terror. Está completamente fora de si. Nesse momento, Justina, entra correndo no cômodo para atender aos gritos da patroa.

– Pare aí!!! – grita, alucinadamente, Roberto, para a empregada. Esta, estaca no lugar, boquiaberta e sem nada entender, tal a expressão do patrão. – Leve essa coisa embora daqui!!! – grita agora, já que, Justina traz, aos olhos de Roberto, por sobre os ombros, uma imensa e aterradora ave, com escamas na cabeça e as asas úmidas de um líquido pardacento e fétido.

Débora corre em direção ao marido, tentando abraçá-lo. Este a empurra e sobe em pé no sofá, debatendo-se contra alguma coisa que ninguém vê, mas que, para seus olhos, é a ave que tenta atacá-lo, sobrevoando-o e esbarrando nele, sem parar, suas enormes asas. Não conseguindo afastá-la, atira-se para a frente e fica deitado, encolhido e protegendo-se com as mãos.

– Pare com isso, Roberto, pelo amor de Deus! – grita Débora, enquanto Raquel aparece na sala e vê o pai, debatendo-se com sua mãe, e Justina tentando acalmá-lo. A menina começa, então, a gritar também, com os olhinhos arregalados, encostada em uma das paredes.

– Abra a porta, Justina. Estão batendo.

A empregada obedece. É o doutor Luís, um dos vizinhos que, passando por ali e atraído pelos gritos, vem ver o que está acontecendo.

– Luís, por favor. Você é médico. Não sei o que está acontecendo com meu marido. Ele anda vendo coisas...

O homem segura Roberto pelos braços, tentando lhe paralisar os movimentos

– Roberto, pare com isso. Sou eu, Luís. Deixe-me examiná-lo.

– Largue-me! Largue-me! Ela quer me pegar! Solte-me!

Gritando, sem parar, empurra o médico, que perde o equilíbrio e cai ao solo.

– Onde está o telefone?

Justina aponta-lhe o aparelho. O médico disca e, enquanto espera atender, pede a Débora que tente segurar a cabeça do marido e que Justina tire a menina da sala. Ambas obedecem, prontamente.

– Alô. Quem fala...? Aqui é o doutor Luís. Doutor Luís Camargo. Mande uma ambulância até a casa vizinha da minha. Número? Qual o número, Débora? Cinco. Zero. Dois. É urgente. Quero, também, dois enfermeiros e uma ampola de P... Sim, com a máxima urgência. Irei com a ambulância.

Desliga o telefone e volta junto a Roberto que, agora, parece ter se acalmado um pouco, apesar de tremer convulsivamente e balbuciar, com os olhos cerrados, palavras ininteligíveis.

– O que ele tem, Luís?

– Não sei ainda, mas precisa ser medicado. É muito perigoso esse estado de tensão emocional. Diga-me como tudo começou.

Débora conta-lhe, em rápidas palavras, tudo o que tem acontecido com o marido, desde uns dez dias. O médico limita-se a ouvir, sem nada dizer.

– Estou com muito medo.

Nesse momento, Raquel entra correndo na sala a abraça a mãe.

– O que tem o papai, mamãe?

– Nada, filhinha. O papai teve um sonho feio e precisa tomar um remédio que o doutor Luís vai lhe dar.

– Eu já tive sonho feio e só chorei.

– Com gente grande, às vezes, é diferente.

– Ele vai tomar injeção?

– Vai, Raquel – explica-lhe, calmamente, o médico. Ele vai tomar uma injeção que não vai doer nada e depois vai comigo até o meu consultório. Está tudo bem com o papai.

Minutos, que mais se parecem com intermináveis horas se passam até que chega a ambulância e os enfermeiros. Enquanto Roberto é dominado pelo doutor e um dos enfermeiros, o outro lhe aplica uma injeção tranquilizante que, aos poucos, vai lhe tirando as forças e os sentidos até entregar-se a profundo sono. Cuidadosamente colocado em uma maca, é transportado até o veículo que o leva para um hospital, perto dali, onde o doutor Luís é clínico. Débora vai junto e Justina fica com a menina que, assustada, esconde seu rostinho no avental da empregada.

– Papai vai voltar logo?

– Vai, sim, Raquel. Vai voltar logo.

Em pouco tempo chegam ao hospital, onde Roberto é, rapidamente, internado e entregue aos cuidados de dois médicos, colegas do doutor Luís, um neurologista e um psiquiatra que lhe fazem, no momento, apenas alguns exames preliminares, dentre eles, um eletroencefalograma.

– Como está ele, doutor Mário? – pergunta Débora, ansiosa.

– Bem, fiz-lhe alguns exames e nada apurei de anormal. Teremos de esperar que volte a si, para realizarmos alguns outros. Conforme os resultados e se, com o passar do tempo não obtiver melhoras, terá de ficar aos cuidados do doutor Ramos, que é psiquiatra. Mas acredito que ficará bem, após algumas boas horas de sono. Diga-me uma coisa: seu marido está com algum problema ou... digamos... tem trabalhado demais ou alguma outra coisa?

– Bem... que eu saiba, Roberto não tem problema algum. Na verdade, é uma pessoa muito alegre e sempre de bem com a vida e com todos. Quanto a trabalhar demais, não sei, apesar que acho que não é esse o caso. Roberto gosta muito do que faz e acredito que não chega a exagerar.

– A senhora contou-me sobre as visões que ele anda dizendo ter, ultimamente, e eu gostaria que forçasse um pouco mais sua memória, relatando-me alguma coisa a mais que ele pudesse ter-lhe dito a respeito. A senhora se lembra de mais alguma coisa?

– Acho que lhe contei tudo, doutor.

– Muito bem, e não se preocupe. Acredito que ele vai superar tudo isso. Já vi muitos casos, assim, antes. Se a senhora quiser, pode ir para casa e voltar amanhã de manhã. Seu marido vai ficar nesse estado por toda a noite. Não há com o que se preocupar, além do que ele será muito bem assistido.

– Doutor Mário tem razão, Débora – confirma Luís. – Pode ir, tranquila. Mandarei uma condução levá-la até sua residência. Ainda ficarei aqui por mais algum tempo.

– Posso voltar mais tarde?

– À vontade. Só não poderá tentar despertá-lo, pois isso poderá prejudicar esse tratamento preliminar.

– Podem ficar tranquilos. Não vou acordá-lo.

Débora volta para casa, profundamente preocupada com tudo aquilo e também com Raquel, que deve estar muito assustada. Durante o resto da manhã até por volta das cinco horas da tarde, procura distrair a menina, enquanto Justina faz o serviço da casa. Depois, volta ao hospital, ansiosa por ver, talvez contrariando o prognóstico do doutor Mário, seu marido já acordado... E bem.

✳✳✳

– Ele já despertou? – pergunta, esperançosa, à enfermeira que, nesse momento, faz afere a pressão de Roberto.

– Não, minha senhora. Não sei se o doutor Mário lhe disse, mas, seu marido ainda vai dormir por várias horas. Talvez, amanhã cedo...

– Realmente, o doutor informou-me sobre esse tempo. Como está sua pressão?

– Está ótima. Normalíssima.

– Sabe, acho que vou passar a noite aqui, com ele.

– Não há necessidade, minha senhora. Cuidaremos muito bem de seu marido.

– Eu gostaria muito.

– Se a senhora realmente deseja, acho que não há problema algum. Bem, tenho de ver outros pacientes do doutor Mário. Se quiser ou precisar de alguma coisa, é só apertar esta campainha.

– Muito obrigada.

A enfermeira retira-se e Débora senta-se em um

sofá, ao lado de Roberto, um pouco mais calma agora, vendo o marido dormir tão tranquilamente.

– O que está acontecendo com você, meu bem? – fala consigo mesma. – Meu Deus, eu lhe suplico, ajude Roberto a se recuperar. É um homem tão bom...

As horas passam e já é noite quando Débora também acaba se entregando ao sono, deitando-se, vestida mesmo, no sofá. Não tem um sono tranquilo. Acorda, a intervalos regulares, levantando-se para examinar Roberto. Numa dessas vezes, por volta de duas e trinta da madrugada, percebe que o marido começa a se mexer e a resmungar algo que não entende. Chega mais perto e, encostando um ouvido em seus lábios, percebe que ele chama por ela.

– Estou aqui, amor – responde. – Estou aqui. O que você quer? Está melhor? Sente alguma coisa?

Roberto balbucia mais alguma coisa.

– Ele vai me pegar...! – parece ouvir Débora, apesar do marido falar muito baixo.

Sente um calafrio lhe percorrer o corpo mas continua querendo ouvi-lo.

– Quem vai pegá-lo?

– Esse monstro... nojento... socorro... ajude-me...!

– Que monstro, Roberto?

– Ele diz que vai me matar. Preciso sair daqui, rápido. Ajude-me!

Débora, assustada, dá um salto, acende a luz do quarto, aperta, repetidamente e sem parar, a campainha, enquanto com uma das mãos sacode o esposo, tentando acordá-lo, gritando.

– Acorde! Acorde! Por favor, acorde!

A porta é aberta, rapidamente, para dar entrada a duas enfermeiras que procuram impedir Débora de despertar o marido.

– Larguem-me! Tenho de acordá-lo – grita. – Acordem-no. Ele está tendo pesadelos! Por favor!

– Pare com isso, minha senhora. Não pode acordá--lo. Está sob efeito de forte sedativo.

– Mas ele está tendo pesadelos horríveis! Falou comigo. Por favor, vocês têm de acordá-lo.

As moças, com muito esforço, conseguem conter Débora que, vencida, senta-se, com a cabeça entre as mãos, e chora copiosamente.

– A senhora está muito nervosa. Podemos chamar um dos médicos de plantão. Ele poderá lhe prescrever um calmante.

– Não. Não quero nenhum calmante, desculpem--me. Mas por que ele fica falando a mesma coisa... que está sendo perseguido... como lá em casa, hoje cedo... por quê?... se está sob efeito de psicotrópicos...

– É assim mesmo, minha senhora. Quando acordar, verá que ele estará bem melhor.

– Você tem certeza?

– Pode ficar tranquila. Procure dormir e não se preocupe se seu marido falar dormindo. É normal isso.

– Tudo bem. Prometo que não chegarei mais perto dele, mas vou chamar se algo de anormal acontecer.

– Tudo bem. Estaremos à sua inteira disposição. Não se preocupe.

As enfermeiras saem e Débora, não se contendo, chega, outra vez, perto do marido e fica tentando escutar se ele fala mais alguma coisa. Após meia hora nessa posição de alerta, intenso sono lhe turva a mente e deita-se, novamente, no sofá, quando o relógio já marca três horas e vinte minutos. Passam-se mais uns quinze e verdadeira avalanche de acontecimentos tem início. Roberto começa a se agitar. Abre os olhos e aquilo que lhe parecia um sonho começa a se misturar com a realidade. Em primeiro lugar, não consegue atinar com o lugar onde se encontra. Iluminada pela luz de um abajur, vê a esposa deitada no sofá, porém, não a vê sozinha. Ao seu lado, duas figuras animalescas assediam-na, voluptuosamente. Possuem corpo, braços, pernas, cabeça, como um ser humano, porém, suas constituições físicas, no que se refere ao que lhes serve como tecido epidérmico, são de uma textura animalesca e repugnante. Cascos, no lugar dos pés, garras como mãos, olhos, obliquamente compridos, maxilares protuberantes, chifres recurvados, tudo com forte odor nauseabundo e fétido, são as características horripilantes dessas criaturas que possuem, como vestes, apenas um tipo de colete escamoso, que mais parece uma continuação de seus horrendos corpos, diferenciando de todo o resto, pela cor escarlate que apresentam. Desta feita, o medo é substituído pela imperiosa necessidade de proteger a mulher amada que, à mercê desses monstros é terrivelmente atacada por eles. Para Roberto, a esposa parece estar desfalecida, quando, na verdade, encontra-se, apenas, dormindo, apesar de estar tendo pesadelos que condizem com o que está acontecendo aos olhos do marido.

Munindo-se, então, de todas suas forças, e sustentado por incrível necessidade de defendê-la, Roberto levanta-se e começa a tentar afastar aquelas criaturas dali. Não conseguindo seu intento, pois não consegue atingi-las, toma a mulher pelos ombros, sacudindo-a, numa louca tentativa de tirá-la daquele estado.

Débora acorda assustada e quando percebe que o marido parece estar tendo a mesma atitude da manhã anterior, sente o sangue lhe gelar as veias.

– Pare, Roberto! Pelo amor de Deus, pare com isso! Volte para a cama!

As criaturas que Roberto ainda continua a ver, afastam-se, momentaneamente, e este aproveita para tentar tirar Débora daquele lugar. Agarra-a pelo pulso e, levantando-a do sofá, faz com que ela o acompanhe até a porta do quarto, apesar de sentir-se como que embriagado pelo efeito do tranquilizante.

– Pare, Roberto. Pelo amor de Deus, o que você está querendo fazer comigo?! – grita, apavorada.

– Vamos fugir daqui! Eles querem fazer mal a você!

– Não há ninguém aqui, Roberto! Quem quer me fazer mal?! Não há ninguém aqui! Só nós dois! Pare, por favor! Você não pode sair. Está muito doente!

Roberto olha para trás e vê as criaturas segurando e puxando a esposa pelo outro braço. Puxa-a de encontro a si e, abraçando-a pelo ombro, força-a a acompanhá-lo, abrindo a porta do quarto e saindo pelo corredor.

Enfermeiros e enfermeiras, de plantão naquele momento, ouvem os gritos de Débora e correm para verificar o que está acontecendo. Roberto vê-se cercado e não sabe o que fazer, agora já completamente aterrorizado, pois não são somente enfermeiros que o cercam, mas também outras tantas figuras horrendas e, apesar do terror lhe dar revigorantes forças, aliviando-o do poder tranquilizante da droga que tomara, não consegue segurar, por muito mais tempo, a esposa, que lhe é arrebatada por um dos enfermeiros, enquanto que outro tenta dominá-lo. Porém, num esforço sobre-humano consegue livrar-se do rapaz e começa a correr pelos corredores do hospital, derrubando tudo o que encontra pela frente, perseguido que é por enfermeiros e, principalmente por aqueles seres que Roberto faz questão de atrair, numa tentativa de levá-los para longe de sua esposa.

– Venham me apanhar, seus animais! Venham! – grita, correndo e olhando por sobre os ombros.

Sua correria é vertiginosa, chegando a derrubar, com socos, alguns poucos que tentam lhe impedir o caminho e, em pouco tempo, após descer vários lances de escada, consegue evadir-se para fora do hospital, chegando à rua, onde, atravessando perigosamente uma avenida, percorre ruas e mais ruas, tentando despistar perseguidores reais e os que imagina existir.

Completamente exausto, ofegante, com a respiração bastante comprometida com o tremendo esforço e, percebendo que ninguém mais o persegue, deixa-se cair, extenuado, na calçada e por sobre alguns sacos de lixo, numa estreita viela sem saída.

***

Débora chega à rua, correndo, logo atrás de meia dúzia de enfermeiros e enfermeiras que tentavam alcançar Roberto, sem conseguir, pois este desaparecera, como que por encanto, no meio do tráfego, perseguido por outros três funcionários do hospital que, após alguns minutos, voltam, exaustos, para junto deles.

– Onde está meu marido?! Vocês não conseguiram alcançá-lo?!

– Infelizmente, não, minha senhora. Nunca vi alguém correr daquele jeito. Parecia estar fugindo de algo assustador.

– E agora?! O que vamos fazer?! Ele precisa ser encontrado! – exclama Débora, desesperada.

– Teremos de pedir ajuda à Polícia. Ele está num estado muito perigoso. Pode ferir alguém. A senhora viu como ele me atacou? – diz um dos enfermeiros, mostrando o rosto esfolado pelo soco que Roberto lhe desferira no momento da fuga. – Vamos falar com o diretor do hospital.

Entram todos e dirigem-se à sala da diretoria. Um médico de meia idade está de plantão, naquele momento. Débora entra junto.

– Senhor diretor...

– Já estou sabendo do ocorrido. Pelo visto, não conseguiram apanhá-lo. Sente-se, minha senhora. Deve ser a esposa do paciente.

– Sim. Roberto é meu marido. Eu...

– A senhora tem uma fotografia dele?

– Fotografia? Sim... devo ter uma na minha bolsa... deve estar no quarto... mas... para que o senhor quer uma fotografia de Roberto?

– Precisamos avisar a polícia e ela vai nos pedir uma foto para poder localizá-lo. Enfermeiro, por favor, vá até o quarto e traga a bolsa da senhora...

– Débora...

– ... da senhora Débora e traga-me a ficha do paciente.

– Pois não.

– Será necessário agir rápido – suplica Débora. – Ele está muito doente. Tem visões que devem ser horríveis. Além do mais, deve estar ainda sob efeito do tranquilizante. Nem sei como conseguiu fugir daquele jeito.

– A fisiologia animal possui mecanismos complexos que chegam a realizar verdadeiros milagres quando um ser está sob forte tensão ou acuado. Enquanto não chega a ficha de seu marido, conte-me o que está acontecendo com ele.

Débora, então, conta-lhe, em rápidas palavras, os acontecimentos dos últimos dias.

– Realmente, seu esposo não deve estar nada bem, mas... entre, Sílvio.

O enfermeiro entrega ao diretor do hospital a ficha de ocorrência, diagnósticos e acompanhamento. Este a consulta rapidamente e pronuncia-se:

– Não se preocupe, dona Débora. Não vai ser difícil encontrá-lo. A injeção que seu marido tomou, hoje pela manhã, possui um efeito muito eficaz e de longa duração. Neste momento mesmo, se ele estiver mais calmo, já deve estar sentindo, novamente, os efeitos do tranquilizante. Não conseguirá ir muito longe. Vou ligar para a polícia.

– Escute, eu e meu marido temos um amigo que é Comandante de um destacamento da Polícia Militar. Tenho o telefone dele e posso ligar. Garanto que fará de tudo para localizá-lo

– Se a senhora prefere, pode usar este telefone.

– Com licença.

Débora faz a ligação e, nervosamente, suplica ao amigo Raul que encontre seu marido. O comandante pede-lhe que fique calma e aguarde no quarto do hospital, prometendo revirar a cidade, se for preciso, para encontrar Roberto e que um soldado virá buscar a foto, apesar de talvez, nem precisar dela, pois não será difícil para a Polícia encontrar um homem drogado e de pijamas.

– E faça o que estou lhe pedindo, Débora. Peça a algum médico um tranquilizante. Você está muito nervosa. Deixarei Verônica, aí, no hospital, para fazer-lhe companhia.

– Não há necessidade, Raul. Ela não precisa se incomodar.

– Fale com ela. Ela está aqui do meu lado.

– Débora, querida. Ouvi tudo, junto a Raul. Fique tranquila. Tenho certeza de que encontrarão Roberto e não há de ser nada. Você verá que tudo dará certo. Já, já, estarei com você.

– Eu lhe agradeço muito, Verônica. Será que devo avisar os irmãos de Roberto?

– Acho que deve esperar um pouco. Quando a polícia o encontrar, aí, então, você os avisa.

– Você tem razão e Deus lhe pague. Peça a Raul que faça tudo o que puder.

– Quanto a isso, você pode ficar tranquila. Até logo mais, Débora.

– Até logo.

– Muito obrigada, senhor diretor. O comandante Raul vai mobilizar a polícia. Vou para o quarto, aguardar.

– Fique à vontade, Débora e se precisar de alguma coisa, é só pedir. Vou ficar de plantão até que tudo esteja resolvido.

– Agradeço-lhe, mais uma vez.

Débora vai para o quarto com o coração oprimido, extremamente nervosa e aflita, tentando imaginar o que poderá acontecer com o marido.

Todos os policiais que servem aquele setor e, auxiliados por outros que, passando pelo centro da cidade, ouviram o chamado pelo rádio e, sob o comando direto de Raul, mobilizam-se, percorrendo todas as ruas das imediações do hospital, à procura de um homem de pijamas, descalço e, talvez, até cambaleante ou caído em algum lugar. Por sua vez, Roberto, que havia desfalecido, desperta, agora vítima de outros perseguidores, desta feita, por diferentes e horrendas criaturas, todas vestidas como se fizessem parte de alguma corporação policial, bem parecida com a da cidade. Armadas com revólveres, realizam acirrado tiroteio em direção a Roberto, vociferando frases ameaçadoras e vingativas. Este, unindo todas as forças que ainda lhe parecem restar, levanta-se e começa a fugir por outras tantas ruas, becos e galerias. Nesse momento, tudo lhe parece ameaçador. Até as poucas pessoas que encontra pelo caminho, naquele momento, parecem tornar-se como que participantes daquela perseguição, inclusive dois policiais que o localizam e pedem-lhe que pare. Roberto continua sua louca correria e quase é atropelado pelo carro de Raul, ao atravessar uma avenida.

– Pare, Roberto!!! – pede-lhe o amigo, saindo do veículo e correndo em seu encalço. – Pare! Sou eu. Raul. Pare!

Roberto parece não ouvi-lo e não para. Algumas quadras à frente, é cercado por três policiais que tentam agarrá-lo, sem conseguir, pois Roberto, apanhando uma lata de lixo vazia, acerta a cabeça de um deles. Um, acode o companheiro que sangra e o outro, atônito, deixa-o escapar. Corre mais um pouco, mas verdadeiro cerco lhe é feito, pois o soldado que estava com Raul, assim que brecou o carro para não atropelá-lo, começou a apitar para chamar os companheiros e, estes, acorreram, prontamente. Um dos soldados saca uma arma e ordena-lhe que se entregue. Roberto está desesperado, pois que se vê cercado por mais policiais do que, realmente, existem ali. As criaturas que estavam em seu encalço se misturam com os outros, parecendo um verdadeiro batalhão a querer apanhá-lo.

– Guarde essa arma!!! – grita Raul para o soldado. – Este homem não o entende. Vamos segurá-lo sem feri-lo.

E é Raul o primeiro a chegar até Roberto, pelas costas, para imobilizá-lo, sendo ajudado pelos outros que avançam por todos os lados. E, após desesperada tentativa para se soltar, Roberto desfalece e é carregado até uma viatura que o leva de volta para o hospital.

V

Ala dezoito

É manhã no hospital. Encontram-se reunidos em uma sala, Débora, Raul, Verônica, Ciro, Dalva, Luís Alberto e Adriana, sua esposa.

– Aí, deram-lhe uma injeção mais potente, fizeram-lhe um asseio, como foi possível, e ele está dormindo. O doutor Ramos já o examinou e disse que, provavelmente, dormirá até amanhã de manhã. Neste momento, o doutor está conversando com outros dois médicos a respeito de Roberto e virá depois falar com a gente.

Débora fala em tom baixo. O cansaço físico e mental parece tirar-lhe as forças, fazendo com que até seu corpo se dobre, alquebrado, pela angústia que passou na noite anterior e pela incerteza do que, talvez, ainda terá de passar. Raul, acostumado com a reação das pessoas diante do sofrimento, pede a Verônica que fique ao seu lado e a ampare, dando-lhe um pouco de carinho. A amiga levanta e senta-se junto a ela, abraçando-a pelos ombros e lhe acariciando os cabelos. Débora, sentada, volta-se para a amiga e, num notado esforço, lhe sorri, agradecida.

– O que será que está acontecendo com Roberto? – pergunta Ciro, apreensivo, ao seu irmão Luís Alberto.

– Quem sabe, Ciro...? Vamos ouvir o que o médico tem a nos dizer...

– Roberto sempre me pareceu tão seguro de si e, pelo que Débora está nos contando... alucinações... não consigo imaginá-lo tendo esse tipo de coisa... – comenta Adriana.

– Achei mesmo estranho, lá em casa, quando disse ter visto um homem desfigurado – diz Dalva.

– Você disse que ele viu alguém no jardim de sua casa e depois uma criatura, que ele não soube descrever direito, empurrar um homem do prédio, não é Débora?

Nesse momento, a conversa é interrompida pela entrada do doutor Ramos e de mais dois outros médicos, acompanhados pelo doutor Luís, vizinho de Débora.

Todos estão sentados em amplos sofás da sala. Doutor Ramos puxa uma cadeira da mesa de reuniões e senta-se, com esta ao contrário, apoiando-se no espaldar, defronte aos presentes. Os outros dois médicos e o doutor Luís permanecem em pé.

– Desculpem-nos fazê-los esperar, mas precisávamos efetuar alguns exames em Roberto e discutir a respeito de todos os acontecimentos relatados por Débora e o comandante Raul nesta madrugada. Realmente, trata-se de um caso bastante delicado e, sinceramente, gostaríamos de conversar, primeiramente, em particular, com os irmãos do paciente, mas, como Débora nos pediu que falássemos com todos, aqui estamos para tentarmos explicar a que conclusão podemos chegar. Apesar de termos estudado, minuciosamente, cada detalhe, do que nos foi relatado, sabemos que ainda é um pouco cedo para um diagnóstico preciso sobre o problema, mas tudo nos leva a crer que ele está sendo acometido por um típico caso de Esquizofrenia tipo Paranoide. Ainda não sabemos a causa, visto que o paciente, pelo que pudemos apurar, sempre teve uma vida saudável e equilibrada, mas não podemos descartar a hipótese da hereditariedade.

Débora quase desfalece ao ouvir essa última frase e é com grande esforço que consegue perguntar, visivelmente abatida:

– O senhor está querendo dizer que meu marido está ficando louco?!

– Fique calma, Débora – pede-lhe Ciro. – Não é bem assim. Deixe o doutor continuar.

– Minha senhora, atualmente e, considerando-se o caso de seu marido, ainda no início, a Medicina possui eficazes meios e métodos para controlar esse tipo de doença mental. Um tratamento especializado, através da farmacoterapia, aliada a medidas psicoterápicas, ocupacionais e outras tantas de que se vale, garante um resultado extraordinário para esses tipos de caso. É evidente que, quanto mais cedo o paciente for tratado, melhores serão os resultados.

– E... como é feito esse tratamento? – pergunta-lhe Luís Alberto, bastante apreensivo quanto à resposta do médico, pois já imagina qual possa ser.

O doutor Ramos percorre todos com o olhar, parecendo tentar adivinhar a reação dos presentes, e procura falar com toda a naturalidade que lhe seja possível.

– Bem... a única maneira eficaz de se tratar uma doença dessa natureza é a internação em uma clínica especializada.

Débora levanta-se de um salto, permanecendo por alguns segundos com os olhos estatelados, encarando o médico.

– O senhor está dizendo que Roberto terá de ser internado em um hospício?

Luís Alberto levanta-se e, abraçando Débora pelos ombros, fá-la sentar-se novamente.

– Não fale assim, Débora. Ninguém vai interná-lo em um hospício. O doutor está se referindo a uma clínica especializada. Penso que não seria um hospício.

– Tem toda a razão. Não vamos internar o seu marido em um hospício, dona Débora. Ele poderá ser internado, dependendo das possibilidades financeiras da família em uma clínica bastante confortável e com os mais avançados recursos da Medicina Psiquiátrica. Na verdade, essas clínicas parecem-se mais com hotéis de luxo do que com um hospital.

– Mas... o senhor acha, realmente, que Roberto deva mesmo ser internado? – pergunta-lhe Raul.

– Eu e meus colegas não temos dúvida alguma a esse respeito. E, podem crer: quanto antes, melhor. Não podemos, de maneira alguma, permitir que Roberto tenha outra dessas crises, pois isso somente virá agravar o seu quadro clínico.

– E como funciona essa clínica que o senhor fala? Onde fica? Se for necessário mesmo interná-lo, queremos que seja na melhor. Temos condições financeiras para isso – arremata Ciro.

– Ele poderá ter um acompanhante? – pergunta ansiosa, Débora.

– Infelizmente, não, minha senhora. Pelo menos, durante os primeiros trinta dias ele não poderá nem mesmo ser visitado.

– Meu Deus... não posso acreditar que isso esteja acontecendo com a gente.

– Entendemos como é difícil para vocês e, principalmente para a senhora, dona Débora, mas creiam, é de extrema e delicada necessidade essa providência. Inclusive, se quiserem consultar outros médicos, dou-lhes toda a liberdade para isso, apesar de termos a certeza de que a opinião deles será igual à nossa. Apenas tenho o dever de alertar-lhes de que terão que decidir isso rapidamente, pois vemos a necessidade de começar esse tratamento tão logo seja possível.

– O que lhe parece, doutor Luís? – pergunta Débora a seu vizinho.

– Tenho plena convicção de que o doutor Ramos está absolutamente certo. Concordo, plenamente, não só com o diagnóstico, como também com a necessidade de tomarmos providências rápidas.

– Tudo bem, doutor – concorda Débora. – Se acha que é a única solução, deposito toda a minha confiança no senhor. Diga-nos que clínica é essa, onde fica e, pelo amor de Deus, arrume um jeito para que eu possa vê-lo, de vez em quando, nem que seja de longe, sem ser vista por ele.

– Isso, talvez, possa ser arranjado.

– E, quanto à clínica, doutor...?

– Bem, já que vocês têm condições financeiras

para oferecer o melhor para Roberto, vamos indicar-lhes a melhor que existe, no nosso entender, neste país. Trata-se de uma clínica reconhecida como a mais aparelhada e com tratamento dos mais particularizados que se conhece. Possui um excelente corpo de funcionários, é dirigida por um médico internacionalmente reconhecido pelas suas teorias psiquiátricas. Esse médico, doutor Frederico, formou-se no Brasil e realizou estudos e pesquisas nos mais renomados hospitais da Europa e Estados Unidos. Trata-se, realmente, de um grande e ferrenho defensor do tratamento psiquiátrico de acompanhamento intensivo, tanto que, em sua clínica, aceita pouquíssimos pacientes para que possam ter um atendimento à altura.

– E onde fica essa clínica? Aqui, mesmo, na cidade? – quer saber Débora.

– Na verdade, ela se localiza numa dependência de um conceituado Hospital geriátrico e também Lar de idosos, a poucos quilômetros da saída norte da cidade.

– Pensei que fosse aqui no centro – exclama Débora.

– Conheço o lugar, Débora. – diz Luís Alberto. – E também não é longe.

– Não é longe, não. – concorda o doutor - E também posso afirmar que essa dependência psiquiátrica é completamente isolada do hospital e do lar, e é tudo muito calmo.

– O senhor acompanhará o tratamento de meu marido, doutor Ramos?

– Não. Não vou acompanhar de perto, mas vocês, certamente, poderão entrevistar-se, quando quiserem, com o doutor Frederico. É um colega completamente aberto ao diálogo e muito atencioso. Tenho certeza de que gostarão muito dele e de seu método. Posso garantir-lhes que, em poucos meses, seu marido estará restabelecido, dona Débora.

– E o que teremos de fazer para providenciar o internamento de Roberto? – pergunta Débora, agora, um pouco mais conformada e otimista.

– Posso providenciar tudo se me derem autorização para isso.

– Faça-nos, então, essa gentileza, doutor.

O médico sai da sala, voltando após cerca de vinte minutos.

– Está tudo acertado. Hoje, mesmo, transferiremos Roberto para a clínica. Talvez, lá pelas duas horas da tarde poderemos levá-lo. Se quiserem acompanhar-nos, poderão ter uma entrevista, hoje mesmo, com o doutor Frederico.

– Gostaríamos muito, doutor – afirma Ciro.

– Posso ir para junto de Roberto, agora?

– Certamente que sim, dona Débora.

– Pode ir, sim, mas, antes faço questão que se alimente um pouco – pede-lhe o doutor Luís.

– Irei até a cantina do hospital tomar um leite e comer alguma coisa.

– Dalva ficará com você para lhe fazer companhia. Perto de uma e meia da tarde, estaremos de volta para acompanharmos Roberto e conversarmos com o doutor Frederico. - diz Ciro.

– Podem ir sossegados. Ficarei bem, aqui, com

Dalva. Também quero telefonar mais uma vez para Justina e Raquel, para saber como estão.

– Eu e Adriana passaremos por sua casa. Pode ficar tranquila – promete Luís Alberto.

– Muito obrigada.

– Até logo, então.

E todos se retiram, deixando Débora e Dalva no hospital.

***

Débora não consegue conter as lágrimas olhando para o marido, inconsciente, deitado dentro da ambulância, a caminho da clínica. Sabe que, por algum tempo, não poderá estar com ele, assim, de tão perto. Vendo-o adormecido e, consequentemente, calmo, parece-lhe que está vivendo algo de muito irreal, chegando a ter dúvidas se essa internação seria mesmo a decisão mais certa. Sente o coração oprimido em pensar que terá de deixá-lo sozinho aos cuidados de pessoas estranhas. Fica imaginando o momento em que ele acordar. Se estiver bem, e é o que realmente deseja, o que pensará de sua atitude e a de seus irmãos, em interná-lo? Toma de sua mão direita e encosta-a em seu rosto, passando, por diversas vezes, seus lábios e beijando-a, repetidamente. Durante o trajeto, olha pela janela, na parte de trás da ambulância e inveja as pessoas que vão ficando para trás, caminhando, tranquilamente, pelas ruas da cidade.

Seguindo a ambulância, o carro dirigido por Ciro, traz também Luís Alberto, Dalva e o doutor Ramos, que fez questão de acompanhá-los. Adriana ficara na casa de Débora para entreter Raquel que, choramingando, chamava pela mãe e pelo pai. Na verdade, a menina havia ficado muito impressionada com todas as cenas que presenciara.

Recepcionados, atenciosamente, por um atendente, já no portão do hospital, adentram, estacionando em um pátio, previamente, indicado. Enfermeiros, prontamente, se incumbem de retirar Roberto da ambulância, transportando-o, através de um jardim, para o interior do prédio. Débora, rapidamente, beija-lhe o rosto, antes de ele ser levado e, sem poder conter as lágrimas, dirige-se, com os outros por um outro caminho, acompanhando o atendente.

O hospital é bastante grande, possuindo dois andares, além do térreo e, para chegar aos diversos departamentos que possui, faz-se necessário percorrer alguns pequenos jardins, bastante arborizados e com bancos de madeira por toda a parte. No caminho, é possível localizar todas as alas, pois placas, estrategicamente colocadas, identificam-nas. Logo, chegam a uma porta, onde se lê "Ala Dezoito". O enfermeiro precisa identificar-se, através de um interfone para que alguém venha abri-la. Recepcionados e acompanhados cordialmente por uma enfermeira, percorrem pequeno corredor, chegando à sala do doutor Frederico, que os faz entrar com um simpático e acolhedor sorriso. Débora começa a se acalmar, um pouco, pois vê muito carinho no tratamento que lhes é dispensado.

– Doutor Ramos, que prazer vê-lo, pessoalmente, outra vez! Assim que recebemos seu telefonema, providenciamos tudo para recepcionar o paciente. A senhora deve ser a esposa do senhor Roberto...

– Sim, sou Débora e estes são meus cunhados,

irmãos de meu marido, Ciro e Luís Alberto, e esta é Dalva, minha cunhada.

– Muito prazer. Mas, por favor, sentem-se. Em primeiro lugar, fico-lhes muito agradecido pela confiança depositada em minha clínica. Tenham certeza de que, aqui, o paciente terá um tratamento todo especial e muito humano.

– É sobre isso que gostaria de lhe falar, doutor. O senhor acha que meu marido ficará bom?

– Bem, minha senhora, em primeiro lugar, preciso que me contem o que os fizeram trazê-lo até aqui, sob meus cuidados. Gostaria, em primeiro lugar, que o doutor Ramos me passasse as suas considerações sobre este caso e que, depois, a senhora e os demais relatassem o que sabem e conhecem sobre os fatos anormais ocorridos com o paciente.

Por quase uma hora, o doutor Frederico é colocado a par de todos os acontecimentos vividos por Roberto e de todas as suas reações. O médico ouve todos em silêncio, cortado apenas por alguma pergunta, por ele julgada oportuna.

– E isso é tudo, doutor – conclui Débora. – O que o senhor poderia nos dizer a respeito dele? É algo, assim... curável? É grave? Pode nos falar, doutor.

– Em princípio, tenho plena convicção de que o doutor Ramos estava certo em seu diagnóstico. O que posso dizer-lhes, no momento, mesmo sabendo que isso poderá lhes parecer uma evasiva médica, é que vou precisar fazer alguns exames, alguns testes e, principalmente, muitas outras observações, para chegar a um diagnóstico final. Porém, pela experiência que tenho, posso, talvez, até mesmo garantir-lhes que o senhor Roberto será curado, levando-se em consideração a rapidez com que está sendo atendido e isso pesa muito positivamente.

– O senhor tem certeza, doutor Frederico? – pergunta-lhe, Débora, angustiada.

– Pode ficar tranquila. Tenho plena convicção de que seu marido tem boas chances.

– Ficar-lhe-ei eternamente grata, doutor. Amo muito meu marido e... ele ainda é tão moço, tão cheio de vida e... temos uma filhinha, o senhor sabe...

E as lágrimas não lhe deixam terminar a frase.

– E nós poderemos vê-lo doutor? Quer dizer, daqui a quanto tempo poderemos visitá-lo? – pergunta Ciro.

– É evidente que para o tratamento surtir efeito, teremos de tratá-lo com todo o cuidado possível, não só através de medicamentos, como também de muito trabalho que não poderá ser interrompido com emoções mais fortes. Fiquem tranquilos que, no momento oportuno, serão avisados. Eu disse que poderemos curá-lo, porém temos de levar em consideração a gravidade e a evolução lenta da cura. Mas para responder-lhe a pergunta, poderia dizer que, talvez, dentro de um mês, ele possa ser visitado.

– E hoje, não poderei, ao menos, despedir-me dele? – pede, Débora, bastante abatida.

– Infelizmente não, minha senhora. Neste momento, seu marido já deve estar sendo preparado para alguns exames que farei, imediatamente, assim que deixarem esta clínica. Porém, qualquer um de vocês poderá telefonar a qualquer hora, que serão prontamente colocados a par do estado do paciente. Possuímos um plantão permanente para essa finalidade.

Após mais algumas considerações, despedidas e, inclusive, acertos financeiros na saída do Hospital, todos partem, calados e cabisbaixos, sustentados apenas pela esperança e confiança depositadas naquela clínica que, por sugestão unânime dos médicos que o examinaram, escolheram para o tratamento de Roberto.

– Por favor, Ciro, deixe-me em casa. Meu Deus, como falar a Raquel que seu pai ficará afastado de nós por algum tempo?

– Tudo passa, Débora – tenta lhe consolar, Dalva. – Quando você menos esperar, Roberto estará de novo entre vocês. O tempo passa rápido.

– Assim espero, Dalva. Assim espero.

✳✳✳

Caros leitores, como disse, no começo deste relato, em que me coloco como um personagem na terceira pessoa, intrometer-me-ei, durante a narrativa, para tecer algumas considerações, para mostrar como me senti nos diversos episódios por que passei.

Os leitores devem imaginar como não deve ter sido fácil, para mim, viver esse pesadelo aterrorizante. Quando comecei a recobrar os sentidos, ou melhor, quando "acordei" na clínica do doutor Frederico, na verdade, não sabia ao certo onde estava e o que estava me acontecendo. Parecia-me estar acordando de um pesadelo e que tudo que tinha acontecido não passava de um sonho, imaginando apenas que havia trocado de quarto. Comecei a forçar a memória e, de repente, o desespero invadiu-me, de tal maneira, que comecei a gritar por Débora, pois havia me lembrado, de uma maneira bem real, do ataque que ela havia sofrido por parte daqueles monstros, de minha tentativa de levá-los para longe dela, de minha fuga, da prisão pela polícia e, depois, a inconsciência que se apoderou de mim. Tornei a sentir um pavor que parecia que meu peito ia explodir, tão grande era a tensão por que passava. Tentei levantar-me, e foi aí que percebi estar amarrado na cama, pelos braços e pernas. Continuei a berrar a plenos pulmões, até que um enfermeiro adentrou o quarto e aplicou-me uma injeção, apesar de meus gritos de protesto. Implorei-lhe notícias de minha esposa e ele limitou-se a sorrir e a dizer-me que estava tudo bem. Lutei muito para não adormecer novamente, mas não consegui, pois minhas forças e minha consciência foram, rapidamente, tolhidas e amortecidas. Lembro-me de que, por diversas vezes, passei por esse desespero, sempre cortado por uma injeção. Percebi que estava sendo alimentado e medicado via intravenosa, o que me dava mais sono e, cada vez que recobrava a minha consciência, sentia-me mais e mais sem forças para lutar contra aquele estado. Foi, quando, numa dessas retomadas de meu próprio "eu", que percebi que, enquanto não me acalmasse, não conseguiria continuar dono de mim mesmo e de meus próprios pensamentos, para, só então, poder conseguir notícias de Débora. Lutei muito comigo mesmo, até não rebelar-me mais e atender à calma que os enfermeiros sempre me solicitavam. Perto de minha mão encontrava-se uma campainha que apertei para chamar alguém. Desta feita, uma enfermeira abriu a porta de meu quarto e entrou. Limitei-me a olhá-la e, percebendo que não trazia nenhuma seringa consigo, tomei coragem e perguntei-lhe o que estava acontecendo comigo, onde estava e o porquê de minha esposa não estar ali. Não me respondeu nada do que havia perguntado. Apenas perguntou-me se eu estava bem e que um médico viria visitar-me e responderia a todas as minhas indagações, saindo, logo em seguida, do quarto, após retirar o soro que me alimentava. Alguns minutos depois, veio ver-me um senhor de, aproximadamente, uns cinquenta anos que, denominando-se doutor Frederico, explicou-me, de modo cortês e, em rápidas palavras, que minha esposa estava em casa, cuidando de Raquel e que, por motivos imperiosos, encontrava-me naquela clínica especializada, onde seria tratado convenientemente e que sairia, dali, completamente curado, para tornar a ter uma vida normal, sem alucinações indesejáveis. Perguntei-lhe se, realmente, havia ocorrido, no outro hospital, todos aqueles acontecimentos que, mais me pareciam um sonho do que uma realidade. O médico meneou, afirmativamente, a cabeça, informando-me tudo o que lhe relataram sobre aquela madrugada e também o que lhe contaram minha esposa e meus irmãos. Garantiu-me que, para meu próprio bem e recuperação, precisaria de, pelo menos, um mês de tratamento, para chegar a um diagnóstico bem preciso e que, aí, então, poderia receber visitas e que iria precisar de toda a minha colaboração para conseguir um efeito positivo sobre o que estava me acontecendo. Em seguida, desamarrou-me os pés e as mãos, pedindo-me para descansar até o dia seguinte, quando levaria a efeito o início do tratamento, propriamente dito, antecedido por uma entrevista que faria comigo. Muito carinhosamente, informou-me que se precisasse de alguma coisa, bastaria acionar a campainha para ser atendido. Despediu-se e sumiu pela porta de meu quarto.

Encontrava-me, naquele momento, muito enfraquecido até para raciocinar direito, sentindo, apenas, novamente, muito sono e imensa saudade de Débora e de Raquel. Nem havia me lembrado de perguntar que dia era, ou pelo menos, há quantos dias estava ali.

Finalmente, o sono venceu-me, implacavelmente, vindo a acordar somente na manhã do dia seguinte, o que pude constatar, apenas pelos acontecimentos, pois a janela do meu quarto encontrava-se fechada com forte cadeado, e não podia ver se era dia ou noite.

VI

Loucura

Quando Roberto abre os olhos na manhã seguinte, um enfermeiro encontra-se sentado em uma poltrona, ao lado de sua cama.

– O senhor está se sentindo bem, seu Roberto?

– Sim. Apenas sinto-me um pouco enfraquecido.

– Não se preocupe. Isso é natural e tenho certeza de que logo, logo, sentir-se-á melhor. Vou pedir seu desjejum.

Dizendo isso, levanta-se e, através de um interfone, solicita o café da manhã.

Roberto, lentamente, alimenta-se de frutas, pão e leite, solicitando, em seguida, para ir ao banheiro, no que é atendido prontamente pelo enfermeiro, que o acompanha, amparando-lhe os passos.

– O senhor me parece muito bem – comenta o enfermeiro, quando, retornando à cama, Roberto desvencilha-se de seu amparo e retorna sozinho.

– Sinto-me melhor, agora. Obrigado. A propósito, quando verei o doutor Frederico?

– Logo mais, às dez horas, eu o acompanharei até a sua sala.

– Que horas são?

– São oito e trinta da manhã. Não se preocupe com seu relógio. Sua esposa levou seus pertences pessoais.

– E que dia é hoje?

– Vinte e seis, quinta-feira.

– Quer dizer que... já fazem... doze dias que estou aqui?

– Exatamente. O senhor dormiu quase que todo esse tempo.

– E... dei muito trabalho a vocês?

– Não se preocupe com isso. O senhor não deu quase que trabalho algum para nós.

Roberto percebe que não irá arrancar nenhuma informação do enfermeiro, pois este sempre lhe responde com evasivas e respostas concisas e rápidas. Sente-se preocupado. Lembra-se, apenas, das vezes que acordou e do desespero que sentiu ao ver que sua esposa não estava junto dele. As horas passam vagarosamente e Roberto, entre um cochilo e outro, no qual, sempre acorda assustado, sente grande amargura pelo que lhe está ocorrendo e, principalmente em lembrar-se de que teria que ficar ali, sem ver ninguém de sua família por, pelo menos, mais uns quinze dias.

Finalmente, o enfermeiro anuncia-lhe que está na hora de ir falar com o médico e chama uma enfermeira que entra no quarto, empurrando uma cadeira de rodas.

– Eu vou ter que andar nisso? – pergunta.

– É necessário, senhor. Pelo menos, por hoje. Logo, poderá caminhar sozinho.

Roberto senta-se desajeitadamente na cadeira e o enfermeiro o transporta por um comprido corredor, cheio de portas, até uma, dupla, que é aberta, prontamente, após dois toques de campainha. Atravessam-na e dobram, à direita, por um outro corredor, agora mais curto, até chegar na sala do doutor Frederico. Outra campainha é acionada e pequena janela, localizada no centro da porta, é aberta, aparecendo o rosto sorridente do médico. Este abre a porta para que entrem.

– Bom dia, senhor Roberto. Como se sente?

– Estou bem, doutor. A primeira refeição parece ter-me recobrado as forças.

– Isso é ótimo. Feche a porta, Clóvis.

O enfermeiro obedece e permanece encostado a ela. Clóvis é um homem de uns quarenta e poucos anos, de alta estatura, muito forte e com o cabelo cortado rente, o que lhe dá uma aparência de militar.

– Roberto, em primeiro lugar, quero que saiba que, daqui para a frente, estaremos, todos nós desta clínica, bastante empenhados em seu tratamento. Posso lhe adiantar que o seu caso não nos parece muito difícil, tendo em vista seu rápido internamento, além de perceber que tudo o que lhe aconteceu não chegou a abalar-lhe, praticamente, em nada, o seu discernimento mental e que você permanece com todos os seus reflexos perfeitamente normais. Possuímos bastante experiência e conhecimento em casos como o seu, ou seja, de visões e alucinações. Na verdade, esta clínica é especializada nesse tipo de tratamento. A única coisa que peço é que tenha um pouco de paciência e que colabore bastante conosco para que possamos levar a bom termo o tratamento que lhe dispensaremos.

– O senhor acha que essas visões que tive não acontecerão mais?

– Acredito que terá mais algumas ainda, mas quando sair, pode ter a certeza de que não mais as terá.

– E quando eu tiver outra visão que, para mim, são por demais terríveis, o que devo fazer?

– Nessa hora, você não estará sozinho e será criteriosamente examinado nesse momento para que possamos estabelecer parâmetros que nos levarão a um tratamento correto. Devo explicar-lhe que nem todos os casos são iguais e que, para cada um , é necessária uma providência peculiar. Na verdade, estamos quase que chegando a um fator comum para esse tipo de doença. Acredito que você desconheça, mas esta clínica, além de ser um instituto de reabilitação, também o é de pesquisas nesse campo e temos, já, chegado a um grande progresso nesse terreno.

Roberto que até aquele momento encontrava-se confiante no médico, sente-se agora, um pouco inseguro. Passa-lhe pela mente, uma certa desconfiança, quando o doutor Frederico lhe fala em pesquisas.

– E não se preocupe. O progresso que já alcançamos é o bastante para cuidar de seu caso e curá-lo, em definitivo.

– Doutor... pelo que entendi, será preciso eu ter novas visões para que o senhor possa traçar uma linha de tratamento...

– Em princípio, sim. Porém, é evidente que, se dentro de um certo espaço de tempo, não lhe ocorrer mais esse tipo de exteriorização, poderemos considerá-lo curado e dar-lhe alta, porque, muitas vezes, uma pessoa passa por isso uma única vez na vida e nunca mais isso lhe ocorre.

– Olhe, doutor, espero que assim seja comigo.

– Todos ficaremos satisfeitos com isso.

Roberto não sente muita sinceridade nessas palavras do médico.

– Bem, Roberto, sei que isso poderá lhe parecer difícil, mas, uma das partes mais importantes é que, como primeira providência, terei de ouvir de você, um relato de tudo o que lhe aconteceu, desde a sua primeira experiência. Já ouvimos sua esposa, seus irmãos, mas é imprescindível ouvi-lo. Gostaria que se deitasse aqui nesta cama, e me narrasse tudo.

Roberto acomoda-se, então, no leito apontado pelo médico, e Clóvis lhe prende alguns fios, através de pequenas placas, em sua cabeça. Um aparelho é ligado.

Percebe também que o médico liga um gravador e lhe adapta um minúsculo microfone perto de seus lábios, preso por pequena haste num suporte da cama.

– Pode começar, Roberto, e nada tema.

Roberto começa, então, a narrar, desde o início, tudo o que lhe acontecera, com todos os detalhes, porém, no decorrer dessa sua narrativa, sente arrepios a lhe percorrer todo o corpo, principalmente quando fala sobre as aparições. Esse estado vai aumentando, gradativamente, até que começa a sentir-se mal, chegando a perceber que está perdendo o controle sobre os seus membros, parecendo estar ficando como que anestesia-do. Diz isso ao médico, mas este lhe pede para que conti-nue o relato. O cérebro de Roberto começa a entorpecer--se, enquanto que o ambiente lhe parece começar a se modificar, principiando por um escurecimento da sala.

– Doutor, estou me sentindo muito estranho. Tudo parece escurecer ao meu redor. Estou me sentindo mal... muito mal...

– Por favor, Roberto, não lute contra esse estado. Deixe-se envolver por essa sensação e confie em mim. Você está completamente seguro e quero que, a partir de agora, comece a me narrar tudo o que sentir e enxergar.

– Estou com medo, doutor.

– Já lhe disse: não tenha receio algum. Deixe-se envolver. Entregue-se.

Roberto sente-se sem forças e percebe que tal-vez o médico tenha razão em lhe pedir que se entregue àquele estado, pois, se não passar por mais algumas ex-periências daquele tipo, como fará para diagnosticar o que tem e poder ajudá-lo? Mas sente muito medo, prin-cipalmente agora em que a sala parece transformar-se numa imensa caverna, com paredes de pedras, archotes a iluminá-la e três passagens, de onde sai uma espécie de vapor vermelho-esverdeado e quente. Chega a sen-tir, inclusive, o odor nauseabundo daquela neblina, que mexe com seu estômago, deixando-o pior. Relata esse fato ao médico e este o anima a continuar examinando aquele cenário.

– Diga-me, Roberto: há mais alguém aí, com você?

– Não, doutor. Estou sozinho e sinto muito medo. Como farei para voltar?

– Não se preocupe. Mas preste atenção agora. Olhe fixamente para uma das passagens.

– Estou olhando.

– Não vê ninguém?

– Não. Não vejo nada.

Roberto, então, olha para o lado e dá um grito.

– O que foi, Roberto?

– Saia de perto de mim!!! Doutor!!! Tire-me daqui!!!

– O que está acontecendo?

Ao seu lado e, agora, à sua frente, Roberto vê-se, cara a cara, com um ser monstruoso, parecido com os que atacaram Débora, porém maior, mais pavoroso, e vestido com uma capa negra.

– Como ousa invadir nosso reduto?!!! – pergunta-lhe, com uma voz que fere os ouvidos, tamanho o seu tom rouco e maligno. – Como ousa?!!! Quem pensa que é?!!! Não pense que será mais um daqueles que ficam a nos bisbilhotar e atrapalhar o nosso trabalho!!! Antes disso, acabaremos com você. Com você, sua mulher e com sua filha! Veja com seus próprios olhos!!!

Nesse momento, uma espécie de buraco se abre numa das paredes daquela caverna e, dentro de uma fumaça avermelhada, Roberto vê o interior da sala de sua casa, onde Débora e Raquel estão sentadas num sofá, conversando. Não consegue ouvir o que estão falando, mas nota algumas figuras, iguais àquela que tem à sua frente, achegando-se às duas, ameaçadoramente.

– Parem!!! Parem!!! – grita alucinado. – Não façam nada a elas!!! Pelo amor de Deus!!!

– Cale-se, maldito!!! Não fale esse nome, aqui!!! Ninguém o ouvirá. E não verá também o que faremos com elas!!!

Nesse momento, a cena de sua casa desaparece, voltando a ficar, somente, os dois, sozinhos.

– O que irão fazer com elas?!!! Deus não permitirá. Nem Jesus.

É então que Roberto percebe que está pedindo ajuda a algo que nunca, em toda a sua vida, havia dado importância: um ente supremo. E começa a gritar por Jesus, pois é a única alternativa que lhe vem à mente.

– Jesus!!! Ajude-me!!! Ajude-me!!!

Horripilante gargalhada de desdém parte, então, do monstro.

– Pode gritar à vontade. Ninguém poderá mudar o rumo das coisas. Ninguém poderá modificar as ordens que damos. Nós somos o poder. E ninguém se mete em nossos domínios sem ser severamente punido, nem seu Deus, nem seu Jesus!

– Pare com isso, maldito!!! Não quero entrar em domínio de ninguém. Vou matá-lo!!!

Dizendo isso, levanta-se de um salto, partindo em direção àquele ser disforme e agarra-o pela garganta, que aperta, sacudindo-o, violentamente. A seguir, é arremessado para trás.

– Roberto, volte a si!!! Eu lhe ordeno: volte a si!!!

É o médico quem o chama, após Roberto tê-lo agarrado pela garganta e somente tê-lo soltado quando este o empurrou para longe, fazendo com que ele caísse ao chão, preso, ainda, pelos fios dos aparelhos. Clóvis, por sua vez, segura-o, fortemente.

– Volte a si, Roberto. Volte a si.

– Ajude-me! Ajude-me! – grita, quando consegue visualizar, novamente, a sala e o médico que, debruçado sobre ele, tenta reanimá-lo. Clóvis ergue-o e o recoloca sobre a cama.

– Por favor, doutor, ajude-me! Preciso salvar minha mulher e minha filha!

– Acalme-se, Roberto, foi só uma visão. Não existe nada ameaçando ninguém.

– Mas, eu vi.

– Acalme-se. Foi apenas uma visão.

– Por favor, doutor, deixe-me falar com Débora. Pelo amor de Deus...

– Tudo bem, você falará com ela. Acalme-se. Dê--me a injeção, Clóvis.

– Tranquilizante, não, doutor. Eu fico calmo. Eu prometo, mas temos de fazer alguma coisa para ajudar minha mulher e minha filha. Por favor.

– Foi só uma visão, Roberto. Não está acontecendo nada com sua família.

– E como o senhor pode ter certeza?

– Clóvis, traga o telefone aqui perto. Qual o número de sua casa?

Roberto passa o número para o médico.

Clóvis, então, apesar dos rogos de Roberto, segura--o, enquanto o médico aplica-lhe a injeção.

– Ligue para minha casa, doutor, pelo amor de Deus!

– Acalme-se – pede-lhe, novamente, enquanto disca o telefone.

Aqueles segundos parecem intermináveis para Roberto, pois a ansiedade toma conta dele. A injeção já começa a fazer efeito e faz um esforço tremendo para não entregar-se ao enorme sono que lhe acomete a mente, turvando-lhe os pensamentos. Quer ficar acordado para poder falar com sua esposa. Os rostos do médico e do enfermeiro e todo o ambiente ficam como que desfocados até que, incontrolavelmente, desaparecem, dando lugar ao vazio mental.

– Alô... alô... – responde Débora, do outro lado da linha.

O médico, calmamente, desliga o aparelho.

– Leve-o de volta para o quarto e mantenha-o sob vigilância, Clóvis.

O enfermeiro recoloca Roberto na cadeira de rodas, como se este fosse apenas um objeto, e sai com ele da sala.

***

Na manhã seguinte, após horas de sono profundo, Roberto acorda, completamente atordoado e com muita fome. Demora-se para lembrar o que está lhe acontecendo, porém, quando tudo lhe volta à mente, desespera-se e toca a campainha, repetidamente. Alguns minutos se passam e Clóvis adentra o quarto, sorridente.

– Como passou a noite?

– A noite?! Quanto tempo dormi? Que horas são?

– Você dormiu todo o dia de ontem mais a noite inteira.

– Meu Deus! Que tratamento é este que estão me

dando? Vocês me dopam ininterruptamente... E minha esposa? Quero falar com ela, imediatamente. Não posso passar o resto de meus dias dormindo. Quero sair daqui.

– Acalme-se. Você está no começo de um tratamento e é assim que deve ser feito.

– Acalme-se... acalme-se... é só isso que você me diz. O doutor Frederico falou com minha esposa, ontem de manhã? Ela está bem? E minha filha?

– O doutor Frederico já está a caminho daqui e falará com você. Tenha um pouco de paciência.

Roberto percebe, então, que não adianta discutir e que o melhor a fazer é fingir concordar com tudo para não ter que tomar mais nenhuma daquelas injeções.

Enquanto pensa nessa sua resolução, o médico entra no quarto, juntamente com uma enfermeira, que traz uma bandeja com o café da manhã.

– Ele quer saber sobre sua esposa, doutor.

– Oh, sim. Infelizmente, você já estava dormindo quando a ligação foi completada.

– O senhor falou com minha esposa?

– Falei.

– E como ela está?

– Está tudo bem com ela e com sua filha – responde o facultativo.

– Graças a Deus... graças a Deus. E o que ela disse? O que vocês conversaram?

– Ela está bastante preocupada com o seu estado, mas tranquilizei-a.

– Fez muito bem, doutor, fez muito bem. Mas o que ela disse sobre o que aconteceu ontem?

– Não aconteceu nada, ontem. Como já lhe disse, tudo isso é fruto de sua imaginação.

– Ela e Raquel estão bem de saúde?

– Pode ficar tranquilo, Roberto, estão bem.

Roberto não sente confiança alguma naquele médico e, apesar do desespero que lhe toma conta, finge acalmar-se para tentar permanecer acordado para poder raciocinar.

O médico pede-lhe, então, para contar tudo o que viu em sua sala, no dia anterior, no que é atendido por Roberto com todos os detalhes que consegue recordar. Terminada a narrativa, o doutor Frederico fica alguns minutos em silêncio, pensativo.

– E essas minhas visões, doutor? O senhor já possui algum diagnóstico... uma maneira específica de tratar-me...?

– Bem... – responde o médico, sentando-se nos pés da cama – por tudo o que me foi relatado, tenho quase que absoluta certeza de que se trata de alguma disfunção mental, cuja causa teremos de pesquisar para levarmos a efeito o tratamento adequado. Posso curá-lo disso, porém, como já lhe disse, vou precisar de muita colaboração de sua parte.

– Isso significa que terei de ter mais visões...

– Preste atenção, Roberto. De qualquer maneira, você estaria tendo visões cada vez mais profundas, porém, agora, você passará por isso, tendo uma assistência médica ao seu lado. Outro fato importante: através de tratamento com medicamentos adequados, poderemos controlar e diminuir esse número.

– O senhor quer dizer... dopando-me?

– Absolutamente. Esses psicotrópicos que lhe estão sendo ministrados serão diminuídos de intensidade, gradativamente, o que fará com que você tenha visões, se for o caso, somente em determinado horário, ou seja, entre uma dose e outra.

– O senhor acha que poderá controlar, dessa maneira?

– Já fiz isso com muitos outros pacientes como você.

– E... algum deles foi curado?

– Roberto, essa é uma resposta difícil porque não tenho meios de comparar o seu grau com o de outros pacientes. O que sei é que você está sendo devidamente tratado a tempo.

– Bem... o que o senhor está querendo me dizer é que ninguém, até agora, foi curado nesta clínica.

– Eu não quis dizer isso.

– Com essa sua resposta evasiva...

– Não foi uma resposta evasiva, apenas quero ser sincero com você. Muitos já foram embora perfeitamente bons e creio que vivem, hoje, uma vida normal, porém, dizer que foram completamente curados...

– O senhor não teve mais notícias deles?

– Tive e sei que estão bem. Alguns até me visitam, no que lhes sou muito agradecido, pois dão-me subsídios para minhas pesquisas nesse campo.

Roberto sente um calafrio. É a segunda vez que ouve o médico falar em pesquisa e não gosta nada desse termo, principalmente pelo que está passando e quer ser curado o mais breve possível.

– Mas, então, o senhor, quando os vê, acredita-os curados...

– Sim, pelo menos até o momento em que os vejo, mas não posso responder pelo futuro.

– O senhor acredita que eles podem vir a ter problemas, novamente, com o passar do tempo?

– Isso eu não sei.

– Pode curar-me, mas não sabe por quanto tempo.

– Posso curá-lo, Roberto, e quero que acredite nisso, porém sou sincero demais para lhe afirmar que nunca mais virá a ter esse tipo de problema, você me entende?

– Entendo... – responde, não muito convicto, diante dessa estranha e incompreensível sinceridade do doutor Frederico.

– Bem... hoje, após alguns exames e, logo após o almoço, você poderá caminhar um pouco pelo pátio desta ala, acompanhado pelo nosso querido Clóvis.

Roberto olha para o enfermeiro, que lhe sorri de uma maneira indecifrável.

– Doutor, existem muitos pacientes nesta ala?

– Não muitos. Na verdade, vinte e dois com você.

– Só vinte e dois?

– Esta é apenas uma ala mantida por uma Fundação. É uma ala pequena dentro deste enorme hospital geriátrico.

– Hospital geriátrico?

– Sim. Estamos dentro de um hospital e, separadamente, um Lar para idosos, mantido, como já lhe disse, por uma Fundação beneficente e que também garante boa parte financeira para a sobrevivência desta nossa ala de tratamento psiquiátrico. A outra parte, cobramos dos pacientes para que possamos realizar um bom trabalho, que poderá se constituir, um dia, de exemplo a ser seguido por outros hospitais psiquiátricos. Isso nos dá condições de atender poucos casos, mais especificamente, como o seu. Com um número ideal de pacientes, de acordo com a nossa capacidade, poderemos conseguir resultados excelentes nesse campo.

– Entendo... E estamos isolados desse Lar de idosos?

– Sim, há muros à volta.

– Existem doentes perigosos aqui?

– Como não? Você mesmo é um deles. Lembra-se de como me atacou, ontem?

– Sim, mas se eles são como eu, quando tem visões, podem tornar-se agressivos também. E não estão tomando medicamentos? O senhor disse...

– Sim, Roberto. Já percebi que você é muito perspicaz, e vou lhe explicar. Tomando medicamentos, a maioria não tem essas visões, e outros, nem estão mais necessitando tomar, mas têm de ficar ainda sob observação, durante algum tempo. Então, o que ocorre, é o seguinte: não podemos nos arriscar na atuação sempre constante do medicamento, assim como sabemos que os pacientes que, aparentemente, já parecem curados, podem, de uma hora para outra, ter uma recaída, além do que, necessitamos de um certo tempo para irmos diminuindo, gradativamente, a dosagem medicamentosa.

Roberto meneia, positivamente, a cabeça e não diz mais nada.

– Mais uma vez lhe peço, Roberto. Fique tranquilo, confie em mim e pode ter certeza de que logo, logo, poderá entrar em contato com seus familiares. Agora, descanse mais um pouco. Dentro de meia hora, você será submetido a alguns exames de rotina, como leitura de pressão arterial, temperatura, um eletroencefalograma e, após o almoço, poderá conhecer nossas dependências, acompanhado por Clóvis.

Dizendo isso, o médico e os enfermeiros deixam o quarto.

* * *

Finalmente, Roberto é levado a conhecer o pátio da clínica. Após percorrer alguns corredores, juntamente com o enfermeiro Clóvis, depara-se com uma enorme e pesada porta de metal que lhes é aberta por um enfermeiro. Roberto caminha devagar e precisa de alguns minutos para se acostumar com a luz do Sol. O pátio é bastante grande, com árvores e plantas de todos os tipos, em canteiros bem cuidados. Bancos de madeira estão dispostos, espalhados, e quase sempre, à sombra de frondosas copas e grossos troncos. Percebe, também, que, separando o pátio da clínica do Lar de idosos, existe um alto muro com apenas duas portas, uma de cada lado do jardim, portas, estas, também, pesadas, largas e metálicas.

Cerca de quinze pacientes ali se encontram sob a vigilância de oito enfermeiros, tão corpulentos quanto Clóvis. Isso parece estranho aos olhos de Roberto, o que não deixa de ser notado pelo enfermeiro que o acompanha.

– Como o doutor Frederico lhe disse, senhor Roberto, o atendimento desta nossa clínica é bastante personalizado. Veja o senhor que temos um enfermeiro para menos de dois pacientes, a fim de acompanhar-lhes todos os passos, assim como dar-lhes toda a proteção possível.

– Proteção...

– Sim, proteção. Todos precisam ser auxiliados e protegidos, uns dos outros.

– Entendo...

Enquanto caminham pelo pátio, Clóvis vai explanando, sucintamente, o caso de cada um dos pacientes.

– A maioria deles, senhor Roberto, possui o mesmo problema que o seu. Alguns já estão em fase final de tratamento. Outros, porém, vieram muito tarde para cá e o doutor Frederico está tendo um pouco mais de dificuldade.

Roberto vai examinando um a um. Quase todos possuem o olhar fixo em algum ponto, parecendo não notar o que se encontra ao redor. Um deles, particularmente, chama a atenção, pelo fato de encontrar-se num dos cantos do pátio, ajoelhado e com a cabeça encostada no chão e as mãos cruzadas na nuca. Fica todo o tempo balançando o corpo e gemendo baixinho.

– Clóvis, você disse que alguns já estão em fase final de tratamento, mas o que vejo aqui são homens que mais se parecem a autômatos, com os olhares perdidos...

– Não se preocupe, senhor. Isso é apenas efeito de medicamentos que são necessários ministrar-lhes pela manhã. Logo, logo, estarão mais normais. O senhor verá.

– Não entendo. Eu estou melhor que eles...

– Oh, sim, mas o seu caso é diferente. Peço-lhe que não se preocupe e deixe as perguntas para mais tarde, quando o doutor Frederico vier lhe visitar.

Uma campainha, então, ecoa e os enfermeiros, um a um e, bem devagar, vão deixando o pátio, abandonando seus pacientes, saindo, todos, por uma das portas.

– O que estão fazendo?

– Isso faz parte do tratamento. Deixamos os pacientes a sós, por algumas horas, para analisarmos o que acontece e informarmos ao doutor.

– Vocês os deixam sozinhos? Mas não disse que era perigoso?

– Estão sendo observados por aquelas câmeras e, ao menor sinal de perigo, entramos todos, novamente. Veja bem que, deixamos, propositadamente, um longe do outro. Sente-se aqui e observe o que acontece quando saímos.

Dizendo isso, afasta-se e sai, juntamente com os outros.

Por minutos, que lhe parecem intermináveis, Roberto percebe que os pacientes continuam na mesma posição. Porém, com a ausência dos enfermeiros, aos poucos parecem acordar de si mesmos e começam a mexer as cabeças e os olhos, examinando o ambiente e os outros. Alguns chegam a levantar-se e caminham poucos passos, voltando, porém, sempre, para o lugar onde estavam.

Roberto fica assustado e bastante apreensivo, pois não vê e nem imagina melhora alguma para muitos daqueles homens e receia, até, tornar-se um deles, com o passar do tempo. Não está gostando nada daquilo e começa a pensar, seriamente, em arrumar algum jeito de pedir melhores explicações ao doutor Frederico.

De repente, um dos pacientes começa a gritar, horrorizado, apontando para o alto de um dos muros. Roberto lhe segue o olhar e vê que uma galinha, talvez vinda do lado do Lar de idosos, corre de um lado para o outro, assustada, enquanto o paciente berra e começa a correr, rente ao muro, acompanhando os passos da ave, ficando esta cada vez mais esbaforida. Roberto olha para os lados e percebe que, pelo posicionamento das câmeras, não devem estar percebendo o que está acontecendo ali. Pensa, inclusive, em relatar essa falha a Clóvis, visto que a vigilância, através de vídeo, deixa a desejar naquele pátio. A ave, então, tremendamente assustada, tenta voar e despenca pelo muro, batendo as asas, numa tentativa de voltar, mas não o consegue. O paciente agarra-a e, parecendo enlouquecido por um violento ódio, segura-a pelos pés com uma das mãos e pelo pescoço com a outra. Com uma força incrível dos braços e das mãos, separa, num golpe, a cabeça da ave, do resto do corpo. Assusta-se com o que fez e começa a correr, enquanto que Roberto não consegue desviar-se dele que o atropela. Nesse momento, o portão se abre e os enfermeiros entram correndo, atraídos pelo alarido que, agora, se generaliza. O paciente volta correndo e, antes que os enfermeiros percebam, joga a ave para trás, numa tentativa de livrar-se dela, indo, esta, atingir Roberto em pleno rosto, sujando-o de sangue, bem como suas vestes e suas mãos.

– Vocês não deviam ter-nos deixado sozinhos – grita Roberto, quando Clóvis chega ao seu lado.

– O que aconteceu?! – pergunta-lhe o enfermeiro,

ao vê-lo todo ensanguentado, principalmente, seu rosto e sua boca.

Roberto, por sua vez, tenta limpar-se e grande náusea lhe traz enorme desconforto, não só físico como psicológico, por tudo que já passou até aquele momento, fazendo com que comece a vomitar e passar mal.

Clóvis olha para o chão e vê o corpo e a cabeça da ave, separados. Volta-se para Roberto e imagina, então, o que aconteceu. "– Como pôde?" – pensa. – "Parecia tão lúcido... fazer uma coisa dessas e... com os dentes... meu Deus!"

Chama um dos enfermeiros e pede-lhe ajuda para levar Roberto de volta ao seu quarto. Este, por sua vez, não consegue acalmar-se e nova injeção lhe é ministrada. Assim que adormece, fazem-lhe o asseio, enquanto Clóvis vai transmitir o ocorrido ao doutor Frederico.

VII

Tratamento

— O PAPAI NÃO VEM PARA CASA, MAMÃE? — PERGUNTA Raquel, choramingando, ao levantar-se.

Débora abraça a menina, erguendo-a no colo e lhe enxugando as lágrimas.

— Ele vai voltar logo, logo, filhinha. E quando voltar, iremos passear na praia, outra vez.

— Eu não ligo para a praia. Só quero o papai.

— Não chore, filhinha. Papai está recebendo tratamento num hospital. Faça de conta que ele está viajando e, quando voltar, estará bom. Deus é grande! Cadê a boneca que a mamãe lhe comprou, ontem? Ela ainda está dormindo?

— Vou buscá-la — responde, desvencilhando-se dos braços da mãe e correndo para o quarto, já agora um pouco mais animada pela lembrança do presente que havia ganho. Débora deixa-se cair em uma poltrona e chora, copiosamente. Nesse momento, entra Justina.

– O que é isso, dona Débora? Se a menina a vir chorando vai chorar mais do que a senhora!

– Não estou aguentando mais...

– Dê tempo ao tempo. Ele é o melhor remédio para todos os males. Tempo, paciência e muita fé.

– Vou ligar, hoje mesmo, para a clínica.

– Mas a senhora já ligou ontem e anteontem e lhe informaram que seu Roberto está bem.

– Como está bem, se não posso vê-lo? Preciso vê--lo, Justina. Preciso vê-lo.

– Mas faz parte do tratamento.

– Vou ligar para a clínica.

– Dona Débora...

A esposa de Roberto não dá ouvidos à empregada e dirige-se ao telefone.

– Alô. É da clínica? Aqui é Débora... Débora... Sim... Quero notícias de meu marido. Ele está bem? Sei... Olhe, moça, estou cansada de ouvi-la dizer que ele está bem. Quero falar com o doutor Frederico e agora. Como? Ele não está? E a que horas ele chega? Às dez? Pois vou ligar às dez horas para conversar com ele. Não... Não vou ligar, não. Vou agora mesmo até aí. Como?! Não posso?! Como não posso?! Tenho todo o direito de conversar com o médico de meu marido. Estou pagando, e muito caro, por seu tratamento. Escute aqui: quando o doutor Frederico chegar, diga-lhe que às onze horas estarei aí para falar com ele. Até logo.

– Mas, senhora... – exclama Justina.

– Não discuta comigo. Vou até lá e quero ver Roberto.

– Por favor, dona Débora, ouça-me. Fale com Ciro, antes, ou com Luís Alberto...

– Não vou falar com ninguém. Irei até lá.

– Mamãe, mamãe. Olhe a boneca. Ela estava dormindo, mas eu a acordei.

– Mas que bebê mais lindo, Raquel. Agora vá até a cozinha tomar seu leite. Mamãe vai ter de sair um pouco, mas volta logo.

– Posso ir junto?

– Não, filhinha. À tardezinha, iremos tomar um sorvete.

– De morango?

– De morango. Agora fique boazinha e obedeça à Justina.

***

São onze e trinta quando Débora é atendida pelo doutor Frederico, em sua sala, na clínica.

– E então, doutor, como está meu marido? Quero vê-lo.

– Dona Débora, com todo o respeito, devo dizer-lhe que não está agindo corretamente quanto ao que combinamos no momento da internação de seu marido.

– Mas, doutor... o senhor tem que me entender...

– Eu a entendo, sim, mas como já lhe disse, é quase certo que a senhora atrapalharia o tratamento de Roberto se ele a vir agora.

– Mas... o senhor acha que ele está melhorando? Eu ligo aqui e uma moça, que nem conheço, diz que ele está em boas mãos, e não sei mais o quê... De que me adianta isso? Preciso que o senhor me diga. Meus cunhados também estão preocupadíssimos.

– Realmente, devo confessar-lhe que a atendente é instruída a dizer que os pacientes estão bem.

– Mas ela não fala se Roberto está melhorando.

– E nem poderia, pois ela não sabe o que se passa com os pacientes.

– Mas, então...

– Dona Débora, quero que entenda uma coisa: seu marido está mesmo em boas mãos e tenho esperanças...

– O senhor tem apenas esperanças?!

– Perdoe-me. Expressei-me mal Tenho certeza, plena convicção de que posso curá-lo e de que este é o melhor lugar para isso, mas tenho de lhe dizer que ainda é muito cedo para eu poder fornecer uma informação precisa sobre isso. Seu marido está há poucos dias sob meus cuidados. Pedi-lhe, no mínimo, um mês.

– Mas... o senhor acredita que ele vai melhorar e que vai poder voltar para casa e ter uma vida normal?

– Acredito, minha senhora, mas, no começo do tratamento, geralmente, o paciente apresenta uma ligeira piora para só, então, depois, começar a obter um resultado positivo.

– Ele piorou?

– Digamos que ocorreu a ele o que ocorre com todos. É uma coisa normal.

– Ele ainda vê coisas e fica violento?

– Dona Débora, não vamos entrar em detalhes.

– Mas, eu preciso...

– Por favor. confie em mim e saiba que o melhor está sendo feito pelo seu marido.

Débora se entristece e abaixa a cabeça. O médico levanta-se e, dando volta à escrivaninha, põe a mão sobre seu ombro e lhe fala, ternamente:

– Minha senhora, venha comigo. Vou lhe abrir uma exceção. Se Roberto estiver dormindo, deixarei que o veja.

Débora levanta-se de um salto e acompanha o médico, agradecendo-lhe, comovidamente.

Chegando ao quarto, doutor Frederico pede-lhe que o espere e entra sozinho.

– Como está ele, Clóvis?

– Ainda dormindo.

– Entre, dona Débora, mas sem fazer barulho algum.

– Meu querido – sussurra a esposa –, como você está abatido...

Chega-se mais e beija-lhe a testa. Roberto resmunga qualquer coisa e vira-se na cama. Clóvis, então, coloca seu corpanzil entre ele e a esposa.

– Melhor sairmos – pede o médico. Débora o acompanha, olhando para trás e com lágrimas a lhe escorrerem pelas faces.

– Deus lhe pague, doutor, e, por favor, cuide bem dele.

✳✳✳

– Ele arrancou a cabeça da ave e bebeu o seu sangue, Clóvis? – pergunta-lhe o doutor Frederico.

– Bem, doutor, se bebeu, eu não sei. O que eu vi foi a ave decepada aos seus pés e ele com a boca toda ensanguentada.

– Certo. Realmente, Roberto está pior do que eu imaginava. Creio que teremos de usar um tratamento mais eficaz. Infelizmente.

– Doutor Frederico, o senhor acha que será necessário o tratamento com eletrochoque?

– É uma saída, Clóvis, que considero ainda bastante oportuna nesses casos.

– Sim.

– Venha. Vamos vê-lo.

Roberto está acordado e vê quando a porta de seu quarto é aberta para dar entrada ao médico e ao enfermeiro.

– Como está, Roberto?

– Por que estou amarrado, doutor?! O que foi que eu fiz?! Solte-me, pelo amor de Deus.

– Clóvis, desamarre-o.

– Só quero saber por que estou amarrado.

– Porque você teve outra de suas crises, lá no pátio.

– Que crise, doutor?

– Lembra-se do que fez com aquela ave?

– Eu não fiz nada. Um dos pacientes arrancou-lhe a cabeça, com as próprias mãos, e a jogou em mim.

– Entendo... – diz o médico, sem conseguir disfarçar o tom de incredulidade na voz.

– Espere aí, doutor Frederico – retruca Roberto, novamente nervoso. – O senhor não está pensando que fui eu quem cometeu aquela barbaridade...

– Não estou pensando nada. Acalme-se.

– Meu Deus... – exclama, percebendo que não adianta argumentar.

– Deixe-me examiná-lo, Roberto – pede-lhe o médico, auscultando-o e realizando, com o auxílio de um outro enfermeiro, um novo eletroencefalograma.

– E, então, doutor? – pergunta-lhe Clóvis. – Faremos o tratamento hoje à noite?

– Sim. Pode preparar o aparelho.

– Pode deixar.

– Que tratamento farão comigo, doutor?!

– Acalme-se, Roberto.

– Preciso saber – roga, bastante nervoso e agitado.

– Clóvis, imobilize o paciente.

– Sim, doutor.

– Vocês vão me amarrar de novo?! – pergunta, assustado, principalmente, porque não sente força física para lutar contra.

Assim que Clóvis o amarra e deixam o quarto, Roberto entra em pânico. Amarrado na cama, sente-se completamente indefeso, principalmente agora que percebe estar sendo vítima de um grande erro por parte do médico, no que diz respeito ao episódio da ave, no pátio da clínica. O que estariam pensando dele? Será que...? Um verdadeiro pânico acomete-o, pois sente-se uma presa daquilo tudo e completamente indefeso ante os medicamentos que lhe são ministrados e o total isolamento do resto do mundo. O que será que pensam ou o que será que estão informando a Débora, a seus irmãos, ao doutor Ramos? "– O que irá me acontecer, meu Deus?" – pensa, completamente aterrorizado, enquanto a imagem e a lembrança de sua filhinha Raquel, lhe traz enorme saudade.

Nesse momento, a luz de seu quarto se apaga e vê-se em total escuridão.

– Ei! Acendam as luzes! – grita, tentando livrar-se das correias para procurar o botão da campainha. Faz um esforço enorme até desistir, extenuado, impossível que é livrar-se das amarras.

A partir desse momento, estranho fato lhe corre. Vê, acima de seu corpo, como se fosse no teto do quarto, um pequeno foco de luz arroxeada que vai crescendo e aumentando de intensidade, percebendo, também, que mesmo que feche os olhos, não deixa de ver aquela luz tênue que, aos poucos, se transforma num túnel de cor pardacenta e de constituição nebulosa.

– Meu Deus – exclama – vai começar de novo!!!

Desse verdadeiro buraco, em forma de funil, aparece um réptil horrendo, mais parecido com um camaleão, cheio de escamas sobrepostas, olhos vermelhos brilhantes e com uma língua que fica enrolando e desenrolando, ininterruptamente, para fora de enorme boca, que não consegue guardar os afiados dentes que lhe saem para fora. A horrenda figura corre pelo teto, acompanhada, sempre, pela luz do túnel, desce por uma das paredes e Roberto percebe que se dirige para o lado de sua cama. Vira a cabeça em direção ao local, mas não a vê mais, a não ser a luz que parece sair do solo, subindo até o teto.

– Socorro! Socorro! – grita a plenos pulmões.

– Não adianta gritar, cretino!!! – soa aquela mesma voz, rouca, estridente e, ao mesmo tempo forte, que já ouvira de outras vezes, surgindo, então ao seu lado, como se o réptil tivesse se transformado em um ser que não se consegue distinguir bem. Possui a altura de um homem, vestido com uma túnica escarlate e capuz a lhe cobrir uma cabeça, invisível para Roberto, pois, em seu lugar, há apenas um vazio negro, de onde sai a cavernosa voz.

– Agora, vão dar-lhe aquele tratamento...! Idiotas! Não vão resolver nada e você sabe disso! Ouça bem e com muita atenção: já lhe disse que não quero mais que nos veja. Ordeno-lhe isso! Não se meta conosco! Um dia, muito breve, nos encontraremos para valer e eu me vingarei, pois tenho contas a ajustar com você, mas, por enquanto, fique alheio. Não quero seus olhos em cima de mim.

Roberto sente-se aterrorizado, quase que desfalecido, percebendo a pulsação acelerada de seu coração por todo o seu corpo.

– Não se meta mais conosco e não nos espione ou levamos você para dentro do túnel e nunca mais voltará. Será nosso escravo e sofrerá penas eternas! Não deixaremos sua família em paz! Cuidado! Muito cuidado!

Roberto não consegue aguentar aquilo e desfalece, tamanho o choque que lhe causa aquela aparição e, principalmente, por sentir-se à mercê de horrenda criatura.

❋❋❋

– Não tenha receio algum, Roberto – pede-lhe o doutor Frederico, acompanhado de um outro médico, que se apresenta como doutor Hamilton.

Roberto encontra-se numa grande sala que mais lhe parece uma sala de reuniões, pois tem uma grande mesa, cercada de cadeiras e uma estante na parede do fundo. Está amarrado numa maca com rodas, pelos pés e mãos. Olha em torno e percebe que a sala é totalmente revestida de um material que reconhece como acústico, desses que se vê em estúdios de gravação sonora, isto é, à prova de som. Completando o rápido exame do ambiente, vê três câmeras instaladas nas paredes, dirigidas a ele.

– O que vai acontecer comigo? – pergunta, amedrontado.

– Confie em nós, Roberto. Como já lhe disse, precisamos de sua colaboração para podermos curá-lo.

– Não quero mais ter visões... – suplica.

– É necessário, moço – argumenta, agora, o doutor Hamilton. – Precisamos que ponha para fora tudo o que está dentro de sua mente, para que possamos, não só analisar o que lhe acomete o pensamento, como também, tentar deter esse tipo de alucinação.

– Alucinação? Mas... é tão real o que vejo.

– Tenha a certeza de uma coisa, Roberto: o que você vê não existe. É apenas fruto de sua imaginação.

São imagens que se formam dentro de seu cérebro e que você imagina ver à sua frente, fazendo com que elas se misturem com o que é real. O que vamos fazer, agora, é tentar bloquear a sua mente no momento dessas visões para que, com o passar do tempo, quando for ocorrer isto, sua própria mente interrompa o processo, antes mesmo de ele ocorrer. É um tratamento que denominamos de dessensibilização.

– E isso vai doer?

– Em muitos casos, pode-se utilizar anestesia, porém como precisamos que tenha as visões, infelizmente não poderemos nos servir desse expediente. Mas fique calmo. Quando tudo terminar, você nem se lembrará do tratamento, pois ele é muito rápido e o fará inconsciente.

– Meu Deus...

Nesse momento, a porta se abre e Clóvis entra, trazendo um aparelho sobre uma pequena mesa deslizável, colocando-a na cabeceira da maca. Então, o enfermeiro imobiliza a cabeça de Roberto, amarrando-a com uma faixa de pano, pela testa e prende duas placas metálicas em suas têmporas. Dessas placas saem fios que se ligam ao aparelho.

– Muito bem – diz o doutor Frederico. – Pode cuidar das luzes.

O doutor Hamilton apaga as luzes da sala, deixando acesa, apenas, uma pequenina lâmpada amarela, instalada numa das paredes.

– Agora, Roberto, peço-lhe que fique calmo e fixe seu olhar no vazio do teto e deixe o seu pensamento divagar.

Alguns minutos se passam e o médico quebra o silêncio, falando mansamente:

– Preste atenção, agora, Roberto. Você se lembra da visão que teve em minha sala, daquele ser que ameaçou você. Pois bem, ele está de novo aí, dentro de sua mente. Projete-o, novamente, Veja-o. Ele falará com você, e não precisa ter medo, pois não poderá lhe fazer de mal; ele não existe. É apenas fruto de sua imaginação.

Roberto sente um grande medo e tenta lutar contra a ideia de ver alguma coisa, mas o médico continua a lhe falar, ininterruptamente. e ele começa a passar mal. Sente as pontas de seus dedos formigarem e este formigamento começa a lhe percorrer o corpo até chegar no alto de sua cabeça.

– Não quero, doutor... – balbucia.

– Não tenha medo. É para o seu próprio bem. Preste atenção. Aquele ser já deve estar aí, na frente de seus olhos. Você não o vê, Roberto?

– Não...

– Preste atenção.

– Não...

– Relaxe um pouco os olhos.

De repente, Roberto dá um grito de pavor. Aquela criatura hedionda aparece-lhe, enorme, de pé sobre a maca olhando de cima, ameaçadoramente.

– O que você quer?! – pergunta, amedrontado, Roberto.

– Quero vingança!!! – confessa aquele ser monstruoso. – Eu vou vingar-me.

– Vingança, por quê?! O que foi que eu lhe fiz?

– O que está vendo, Roberto? – pergunta-lhe o médico.

– Tenho contas a acertar com você! Farei com que fique louco! Farei com que seja esquecido pelos seus amigos e familiares! Farei com que sintam desgosto por terem cruzado o seu caminho.

– Mas, por quê?

– Você está vendo a criatura, Roberto? – insiste o médico.

– Você não sabe, mas um dia saberá, ou melhor, irá se lembrar.

– Lembrar...?

– Cale-se. Vou vingar-me e não quero mais que me veja quando quiser. De hoje em diante, você somente nos verá quando eu quiser. Só quando eu quiser ou sua família pagará caro por isso!

– Não toque em minha família, seu monstro! – grita Roberto, agora, não mais com medo, mas com muita raiva, lembrando-se das cenas do hospital e da sala do médico.

– Roberto, – insiste, ainda, o médico – fale. O que você está vendo?

– Sabe o que vamos fazer com sua mulher?! Sabe?! Pode imaginar?! Vamos aparecer para ela, também e vamos enlouquecê-la. Ah! Ah! Ah!

– Não! Não! Bandido! Eu te pego! – grita Roberto, tentando-se livrar-se das amarras, com toda a violência.

– Então, nos obedeça! Ou sua mulher vai pagar por isso.

– Não tenho culpa se os vejo! Não quero vê-lo! Nunca mais. E saia daqui! – grita, mais violento ainda, conseguindo, desta vez, num supremo esforço, arrebentar uma das amarras que lhe prende um dos pés e começa a tentar chutar a visão.

– Agora, Clóvis! – ordena o doutor Frederico para o enfermeiro que, prontamente o atende, apertando um botão do aparelho.

Nesse momento, um choque elétrico é descarregado nas têmporas de Roberto que lhe percorre todos os nervos por alguns segundos, levando-o, então, à inconsciência.

– Examine-o, Hamilton, e depois peça a Clóvis para levá-lo de volta ao quarto.

– Sim.

Dizendo isso, o doutor Frederico abre a porta e sai da sala. Uma enfermeira, já idosa, robusta e de cabelos grisalhos, está passando pelo corredor, naquele momento e, olhando para dentro do cômodo, quando a porta é aberta, percebe o que o médico estivera realizando e o interpela:

– Doutor Frederico...

– Pois não, dona Laura...

– Desculpe-me, mais uma vez, mas, o senhor acha mesmo necessário esse tipo de tratamento? Acho isso horrível.

O médico sorri.

– Dona Laura, quantas vezes vou precisar lhe explicar que isso é necessário? Depois, o paciente não sente nada. É tudo muito rápido.

– E como o senhor sabe? Por acaso, já experimentou?

O médico parece munir-se de muita paciência e responde:

– Mais uma vez, vou fazer de conta que não ouvi isso, dona Laura. Olhe, nós gostamos muito da senhora, pois é uma eficiente enfermeira, mas não podemos mais tolerar que se intrometa nos assuntos médicos desta clínica. Perdoe-me dizer-lhe isto mas, se continuar com essa insistência, a senhora mesma nos obrigará a excluí-la de nosso quadro. A senhora sabe que já tivemos ótimos resultados com os nossos métodos.

A mulher abaixa a cabeça, desculpa-se e continua seu caminho, enquanto o médico toma rumo contrário, em direção à sua sala. Dona Laura, então, volta-se e fica esperando que o paciente saia da sala, deitado na maca, transportado por Clóvis e fica observando-os até dobrarem o corredor. Nisso, uma voz a chama. É o doutor Frederico, de sua sala.

– Pois não, doutor – atende a enfermeira.

– Por favor, dona Laura, feche a porta e sente-se.

Dona Laura o atende, preocupada.

– Dona Laura... estive pensando e acho que está na hora de premiar a dedicação que sempre teve para com a nossa clínica.

– Premiar? Não entendo. O senhor sabe que sempre gostei muito de trabalhar aqui e penso que não preciso ser premiada por nada.

– Não, não. Sei do desprendimento e, como já disse, de sua dedicação a esta clínica. Por isso e, principalmente pela sua idade, não posso mais permitir que continue fazendo este turno à noite. Mesmo porque trabalhando durante o dia e dormindo à noite, poderá ter um sono mais tranquilo lá no hospital geriátrico. Fiquei sabendo que não consegue dormir direito durante o dia, pois os outros quase não o permitem, querendo, sempre, conversar com a senhora.

– Não é preciso – reluta, desapontada. – Gosto muito de trabalhar à noite...

– Faço questão, dona Laura – responde o médico, encerrando a conversa.

VIII

Revelação

O DESESPERO JÁ ESTAVA TOMANDO CONTA DE MIM, CADA dia mais e até já gostava quando tomava injeções que me faziam adormecer.

Quando acordado, minhas esperanças de voltar a ser uma pessoa normal diminuíam a cada nova experiência terrível por que passava, e a saudade de minha querida esposa e adorada filhinha dilaceravam-me o coração. Desde o primeiro contato que tive com o doutor Frederico, aprendi a não confiar nele pois, de maneira alguma, inspirava-me confiança. Muito pelo contrário, principalmente quando escapava-lhe dos lábios, a palavra pesquisa. Percebi que, apesar das boas intenções de Débora e de meus irmãos, em colocar-me nas mãos de quem acreditavam ser o melhor para mim não passara de um grande equívoco. Não acreditava, de maneira alguma, que iria curar-me fazendo com que eu vivenciasse experiências aterrorizadoras e amargas. Sabia que algo de muito anormal estava ocorrendo comigo, desde que comecei a ver vultos que não existiam, tanto em minha casa, como no episódio do suicídio daquele infeliz e de todos os outros acontecimentos que desfilaram, de repente e, quase que, ininterruptamente, de um momento para outro. Lembrava-me sempre da hereditariedade e percebia que talvez a loucura estivesse tomando conta de minha mente. Mas, como já disse, tinha plena convicção de que aquele não era o método correto de eu ser tratado. Em meus poucos momentos de lucidez e vigília, ansiava pela visita de meus familiares, na tentativa de convencê-los a transferirem-me de clínica, , sabia que tudo se complicara para mim e que, talvez, não permitissem, logo, essa visita. E isso só me trazia desespero e sofrimento. Lembrava-me, perfeitamente, e com detalhes, do que ocorrera comigo naquele hospital, de minha fuga, e também da maneira violenta com que ataquei o doutor Frederico, vendo, nele, aquela figura fétida e horrível que insistia em aparecer-me na mudança do cenário em que isso ocorria.

Sabia que só podiam ser alucinações, mas somente quem já passou por isso, sabe como acreditamos no que vemos e como nos apavoramos, tendo em vista que tudo nos parece por demais real. E, se não bastasse tudo isso, sabia que a oportunidade de aceitar esse tratamento como que me abandonara, reportando-me ao episódio daquela ave decepada. Tudo estava contra mim. Não sabia, não tinha ideia alguma sobre o que se passava comigo e, como já disse, não tinha a menor esperança, também, de como alguém poderia curar-me daquilo. Muitas e muitas vezes acordei, frente a frente, com aquele ser cheio de escamas, dentes pontiagudos que não lhe cabiam na boca, exalando um odor que parecia vir de algo em decomposição e que ameaçava, sem tréguas, a mim e à minha família. Foram longos dias e longas noites de pânico e desespero que não permitiam, muitas vezes, alimentar-me direito. Sentia que estava bem próximo à loucura total, onde não há tréguas, ou à morte, a qual já estava começando a preferir. Somente a lembrança de minha família fazia com que eu continuasse resistindo.

No pátio, então, apesar de vigiado, temia ser atacado pelos outros pacientes, os quais não gostava de olhar, pois me pareciam como que um espelho de meu futuro.

Quanto sofri, principalmente, pela total falta de esperança. Já não acreditava em mais nada de tudo aquilo que estava ao meu derredor.

Quantas experiências fizeram comigo. Observavam-me o dia todo e, cada vez que tinha visões, no momento em que começava esse processo de insanidade mental, enfermeiros, acompanhados pelo doutor Frederico, eram chamados por aquele que apelidei de "meu vigia". Então, colocavam-me placas na cabeça, filmavam-me e gravavam a minha voz, como se pudessem ter, através de simples palavras ou gritos de pavor ou de contorções corporais, alguma ideia do que me acontecia e, após, aplicavam-me aquele horrível eletrochoque que me desfalecia. E me filmavam, e me filmavam... Aliás, câmeras era o que não faltava naquela clínica. Havia câmeras por toda a parte: no pátio, nos corredores, no refeitório, na sala de reuniões, nos quartos e, todas comandadas e vigiadas por enfermeiros, que se revezavam, dia e noite, numa sala própria, sempre de olho em tudo o que acontecia. Quando perguntava sobre minha família, era sempre informado de que estavam bem, que minha esposa e meus irmãos telefonavam sempre para saberem sobre meu estado de saúde. Perguntava ao doutor o que ele respondia e ele, gentilmente, dizia-me que informava que eu estava melhorando. Mentiroso. Eu sabia que isso não era verdade.

Quanto sofrimento, quanta saudade, quanta amargura, quanto pavor e quanto desconhecimento do que me ocorria.

Foi, então, que conheci dona Laura, uma senhora de cerca de sessenta e poucos anos que foi uma luz que se acendeu, de repente, na escuridão de minh'alma. Enfermeira que, morando no hospital geriátrico, que era também um Lar de idosos, do qual fazia parte a ala psiquiátrica, trabalhava com muito amor e era querida por alguns dos pacientes que conseguiam externar esse sentimento. De dia, trabalhava na Ala Dezoito e, à noite, dormia no Lar, já que, como fiquei sabendo depois, o doutor Frederico lhe trocara de turno.

***

– Como está passando, Roberto? – pergunta dona Laura, entrando no quarto, numa bela manhã.

Roberto, que já está acordado há algum tempo, sente certa dificuldade em ver quem fala com ele, e com tanto carinho na voz. Não consegue mexer-se pois, nessa manhã, está amarrado ao leito.

– Vou tirar-lhe essas amarras que o devem estar incomodando.

Dona Laura, então, aproxima-se da cama e Roberto pode ver a simpática senhora que, de imediato, lhe recorda sua falecida mãe. Robusta e de rosto redondo e corado, emoldurado por cabelos curtos e grisalhos, possui sorriso largo, franco e sincero que faz com que ele sinta, pelo menos, por alguns instantes, um certo conforto.

– Como está se sentindo? – torna a perguntar-lhe. – Sente alguma dor? Meu nome é Laura.

– Não, minha senhora, não sinto dor. O que mais me machuca, no momento, é a situação por que estou passando, principalmente, porque não tenho mais esperanças de ser curado, levando-se em consideração o tipo de tratamento que estão me dispensando. Por favor, diga-me uma coisa: o que significa tudo isto? Nunca imaginei que uma clínica psiquiátrica utilizasse esses métodos que empregam comigo. Vivo dopado e não entendo e nunca soube que usassem esses métodos. A senhora acha necessário esses eletrochoques que me aplicam?

– Sabe Roberto, em muitos casos, esse tratamento é, até, necessário. Em muitas clínicas psiquiátricas, essas descargas são efetuadas com o paciente anestesiado e, mesmo assim, somente em casos de extremíssima necessidade.

– Mas estão sempre fazendo isso comigo. A senhora não imagina como é terrível ter aquelas visões e sabendo que, a qualquer momento, eles vão ligar a descarga elétrica. Apesar de que, às vezes, não vejo a hora de ser "apagado" pelo eletrochoque. E não sei se isso tem algo a ver, mas estou começando a ter lapsos de memória.

– Isso vai passar, Roberto; quando pararem com esse tratamento, tudo voltará ao normal, em pouco tempo.

– Mas quando, dona Laura? Já estou desesperado e não vejo saída. Quero ver minha família, minha esposa, meus irmãos, minha filhinha...

Nesse momento, Roberto entra em convulsivo choro.

– Não fique assim, meu filho – pede-lhe, carinhosamente, a senhora, enquanto lhe acaricia a fronte e os cabelos, fazendo com que, após alguns minutos, Roberto se acalme, de maneira, para ele, incompreensível.

– Fique tranquilo. Vamos ajudá-lo.

– Vão me ajudar? Mas... quem?

Dona Laura olha para a câmera e vê que esta está com a pequena lâmpada piloto apagada.

– Olhe, vou lhe confiar um segredo, mas quero que não conte nada a ninguém. Você promete?

– Prometo. A senhora parece ser muito boa e, para dizer a verdade, não tenho mais ninguém em quem confiar.

– Pois, muito bem. Nesta clínica, você não vai ser curado nunca. Não posso lhe dizer muita coisa agora pois, logo ligarão aquela câmera.

Roberto dirige o olhar para o canto do quarto.

– Preste muita atenção – continua. – Quando aquela luzinha vermelha da câmera estiver acesa, não podemos conversar sobre assunto algum que não seja para o qual estou instruída. Somente poderemos conversar quando ela estiver apagada. Entendeu?

Roberto meneia a cabeça, positivamente.

– Como estou de costas para ela, quero que fique de olho na lâmpada. Se acender, dê uma tossida para me avisar. Aí, paramos de falar, imediatamente e disfarçamos com qualquer outra conversa. Certo?

– Pode ficar tranquila.

– Sei que é muito difícil para você, depois de tudo por que passou, confiar em alguém, mas imploro, em nome de Deus, que acredite em mim – pede-lhe dona Laura.

– Eu confio na senhora, mas... o que pode fazer para me ajudar? Quero sair daqui, sarar e voltar a ter uma vida normal com minha família e meu trabalho.

– Conseguiremos isso com a ajuda de Deus e dos bons Espíritos.

– Dos bons Espíritos?! Meu Deus, a senhora...

– Confie em mim, Roberto... por favor... – pede-lhe, docemente.

– Está bem, dona Laura. Afinal de contas, não tenho mais nada a perder e sinto muita bondade na senhora.

– Muito bem. Então, vamos começar. Acredito que, daqui a, aproximadamente, quinze minutos, aquela câmera começará a funcionar, por isso, você tem, exatamente, esse tempo para relatar-me o que lhe aconteceu, ou seja, o que fez com que o internassem aqui, nesta clínica.

Roberto, então, rapidamente, relata tudo à mulher, começando a informar-lhe quem é, o que faz e todos os acontecimentos estranhos que lhe aconteceram até aquele presente momento e pergunta-lhe, ao final, se não haveria a possibilidade de ser transferido para um outro hospital, com outra equipe de médicos.

– Não, Roberto. Isso é quase que impossível. Facilmente, o doutor Frederico convencerá a qualquer um de sua família ou a qualquer outro médico que você tem de continuar aqui.

– Como?

– É muito simples. Primeiro, por ser um médico renomado nesse campo e, em segundo lugar e o mais importante, mostrando as gravações em fita de todos os seus atos, aqui na clínica, desde o ataque que você desferiu contra ele até, inclusive, o testemunho dos enfermeiros no episódio por que passou com aquela pobre ave.

– Mas... não fui eu.

– Sei disso, pois acredito em você, mas, certamente, como já disse, ele convencerá a todos e é até melhor que ele não tenha de fazer isso. Você já pensou no desespero de sua esposa ao tomar conhecimento de todos esses fatos?

– A senhora tem razão. Não quero preocupar Débora. Mas... o que faremos? Como irá me ajudar?

– Eu não estou sozinha neste trabalho e já conseguimos recuperar muitos pacientes como o senhor.

– E o doutor Frederico?

– Infelizmente, ele pensa que foi ele, com seus métodos, quem realizou o trabalho.

– E esses outros pacientes que vejo no pátio?

– Para alguns, não há cura. Para outros, estamos trabalhando.

– E eu?

– Tenho certeza de que poderemos ajudá-lo.

– Quem são vocês?

– Não posso dizer-lhe nada agora. O tempo está se expirando. Mantenha-se calmo e, à noite, virei vê-lo. O operador das câmeras, que faz turno hoje, até determinado horário, é um de meus colaboradores. Faça o possível para que não lhe apliquem nenhuma injeção hoje, mantendo-se bastante calmo, custe o que custar, tenha as visões que tiver. Conversaremos mais tarde. A propósito, fale para o doutor Frederico que você sente que está melhorando, pois teve uma nova visão, porém, desta feita, não tão nítida quanto as anteriores e que até o som das palavras estava bem fraco aos seus ouvidos.

– Por quê? – exclama, sem nada entender.

– Depois lhe explico.

Nesse momento, Roberto começa a tossir. Dona Laura endereça-lhe uma piscadela de olhos e, protegendo-o da câmera com o seu corpo, torna a amarrá-lo, cobrindo-o com o lençol. Em seguida, sai do quarto, no mesmo instante em que Clóvis vem entrando. Dona Laura retira-se e Clóvis vai ter com Roberto.

– Como se sente? – pergunta-lhe, sorridente, como sempre.

– Estou muito bem, hoje. Apenas, sinto fome.

– Seu café já será servido.

– Sabe, Clóvis, acho que estou melhorando.

– Está melhorando? Como assim?

– Ontem à noite, tive novamente visões daquele ser, porém, não com tanta nitidez.

– Sim...

– A imagem que eu via estava... como dizer... bem

fraca e quase não conseguia ouvir o que falava. E sumiu em poucos minutos.

– Mas, que ótimo! Fico muito contente por isso. Aliás, vou agora mesmo informar ao doutor Frederico. Volto logo.

– Fique à vontade, Clóvis, e obrigado por tudo o que está fazendo por mim.

Clóvis retira-se e vai direto à sala do médico.

✳✳✳

Logo em seguida, chega o café e Roberto fica pensativo, enquanto faz o desjejum.

"– Será que fiz bem em mentir que estou melhorando? Oh, meu Deus, me ajude. Já nem sei o que fazer. É que senti tanta confiança em dona Laura..."

– Bom dia, Roberto – cumprimenta-o o doutor Frederico, entrando no quarto. – Estou muito contente em saber que sente-se melhor. Clóvis me contou.

Roberto, então, conta-lhe a "visão", bem detalhadamente.

– Repito-lhe que fico muito feliz por você e por todos os seus familiares, mas quero que saiba que está se sentindo melhor, graças ao nosso tratamento, e devo dizer-lhe também que, apesar de esperar que nunca mais lhe ocorra aquelas visões horríveis, ainda terá de permanecer aqui conosco por mais algum tempo, para que possamos ter certeza de que, realmente, está melhorando.

– E quando poderei ver minha esposa, doutor?

– Logo, logo, Roberto.

– Mas quando?

– Talvez daqui a uns dez dias.

– Vou precisar tomar medicamento ainda?

– Sinto informar-lhe que sim, mas de maneira mais espaçada.

– Gostaria de não tomá-lo hoje, doutor. Sinto-me tão bem...

– Vamos fazer o seguinte: hoje não lhe ministraremos nenhum medicamento, a não ser, lógico, se voltar a ter crises.

– Muito obrigado, doutor. Deus lhe pague.

– Você quer passear um pouco no pátio?

– Doutor, estou muito cansado e preferia permanecer no quarto. Estou com muito sono.

– Tudo bem, mas se mudar de ideia, é só acionar a campainha e Clóvis o levará, de bom grado.

– Serei amarrado novamente?

– Não. Se algo lhe ocorrer, um enfermeiro virá imediatamente, pois você está sendo observado por aquela câmera.

– Obrigado.

– Até mais, Roberto.

– Até, doutor e, mais uma vez, Deus lhe pague.

Roberto passa o resto do dia dormindo, pois ainda sente o efeito de tanto psicotrópico, tomado quase que diariamente.

À tardezinha, é acordado quando lhe é trazido o jantar e adormece, novamente, quase em seguida.

À noite, por volta de pouco mais de vinte horas, acorda e passa por uma situação extremamente difícil para ele. Bastante desperto agora, percorre o quarto com o olhar e levanta-se para ir ao banheiro. Ao voltar, senta-se na cama e cerra os olhos, lembrando-se de sua esposa e da filhinha. Imagina-se abraçando-as. Mais refeito pelo sono, sente um certo consolo em antever o momento que talvez, um dia, possa ter essa alegria. Assim fica por alguns momentos, até que a cena imaginada começa a parecer-lhe por demais real. Imagina-se sentado na sala de estar, abraçado à esposa e com Raquel no colo. De repente, a porta da rua abre-se violentamente e a figura satânica irrompe o cômodo em posição ameaçadora. Assusta-se e abre os olhos para fugir daqueles pensamentos. É quando vê o quarto da clínica, literalmente tomado por dezenas de figuras, tais como as que viu na noite anterior. Quase dá um grito de pavor, contido apenas por um relance da memória. Lembra-se do que dona Laura lhe havia pedido: que não demonstrasse para a câmera, de maneira alguma, estar tendo visões, novamente.

– Como é?! Não se assusta mais conosco?! – grita-lhe aquele que parece ser o chefe.

Roberto, com um controle enorme, deita-se na cama e cerra os olhos, mas a imagem não desaparece. É como se não os tivesse fechado. Abre-os e começa a orar, pedindo para que Deus lhe dê forças para resistir. Olha para a câmera e esta continua com a luz acesa, prova de que o está espionando. Por cima dela, nojentas larvas começam a aparecer ininterruptamente, caindo todas ao chão e dirigindo-se em direção ao seu leito, como que cumprindo ordens daquele ser que se limita a lhe sorrir com lábios carcomidos e fétidos. O odor sulfuroso começa a tomar conta do quarto.

– Como é?! – Não vai gritar?!!! Não vai pedir socorro?!!! Grite, imbecil!!! Grite!!! Grite para que todos o ouçam! Grite para todos verem que está louco. Doido varrido!!! Ah! Ah! Ah! – gargalha com a mesma voz cavernosa e estridente. Da boca do monstro um líquido viscoso e escuro começa, então, a escorrer e de dentro dela, novas larvas começam a sair e cair por sobre os pés da cama. Roberto levanta a cabeça e vê que milhares delas dirigem-se até ele, começando, já, a subir-lhe pelas pernas. Quer lutar contra tudo aquilo, quer gritar para que o façam dormir novamente, mas estranha força fá-lo confiar em dona Laura e se contém. Cerra os dentes e aperta os punhos numa tentativa de criar forças para suportar tudo aquilo. Agora, larvas começam a subir-lhe pelo rosto e já vai perder todo o controle quando a porta se abre e entra dona Laura e um enfermeiro. A mulher percebe o que lhe está acontecendo e, protegida pelo enfermeiro que se posta entre ela e a câmera, coloca a destra sobre a fronte de Roberto, pedindo-lhe que fique calmo e que peça a Deus para ajudá-lo. Este, molhado de suor, procura e encontra a outra mão da mulher, entregando-se à confiança que sente por ela. Passados alguns minutos, todas aquelas imagens desaparecem.

– Passou, meu filho? – sussurra-lhe.

Roberto endereça-lhe sinal afirmativo.

– Graças a Deus! – exclama a senhora e olha para seu relógio de pulso. – Reinaldo, vá até a sala das filmagens e veja se Pedro ainda está lá.

– Sim, dona Laura. – concorda Reinaldo, saindo, imediatamente, do quarto e voltando, logo, em seguida.

– Pedro está tomando conta do aparelho. Vou ficar lá, com ele.

– Ótimo. Agora podemos conversar, Roberto.

Este, então, relata tudo o que viu.

– Foi terrível!

– Imagino.

– A senhora disse que pode me ajudar...

– Como já lhe disse, podemos curá-lo, apesar de levar um pouco de tempo, mas é essencial que façamos tudo o que tem de ser feito.

– E o que tem de ser feito?

– Vou lhe explicar.

IX

Espiritismo

DE INÍCIO, LEVEI UM CHOQUE COM O QUE DONA LAURA revelou-me, pois, depositara tamanha confiança nela que mal podia acreditar estar ouvindo aquilo. Não saberia explicar o porquê mas, desde o primeiro instante que a vi, senti grande esperança naquela senhora que disse poder curar-me e que já o fizera a outros pacientes. E tanto isso é verdade que somente consegui suportar aquele ataque de vermes porque ela havia pedido para que eu lutasse com todas as minhas forças para não transparecer que estava tendo visões. Quando ela entrou no quarto e fez com que, em poucos segundos, eu saísse daquele estado terrível, apenas colocando a mão sobre minha cabeça e falando, carinhosamente, comigo, acreditei que ela possuísse uma enorme força mental agindo sobre minha mente e que, talvez, pudesse ensinar-me a ter controle sobre o meu cérebro para que pudesse dominá-lo e curar-me desse descontrole, talvez oriundo de meu próprio "eu". Já ouvira falar muito a respeito de forças mentais, de magnetismo, de hipnotismo, mas... quando ela falou novamente em Espíritos, um grande abatimento caiu sobre mim, pois percebi perdidas todas as minhas esperanças. Imaginem alguém que, completamente desesperado, de repente, vê-se diante de uma saída e, quase que logo depois, percebe que essa saída nunca existira. Podem ter certeza de que o desânimo e a desesperança multiplicam-se por mil. Mesmo assim, movido, talvez, por uma obrigação para com aquela senhora, dispus-me a ouvi-la com toda a paciência que pude reunir. Aliás, ela era minha única chance, e repito que não sabia porque confiava tanto nela. Talvez, por isso, menti sobre minha melhora ao doutor Frederico.

– Roberto, o que você tem, na verdade, é o que nós espíritas, chamamos de mediunidade e que todas as pessoas, no fundo, possuem num determinado grau.

– Mediunidade...?

– Sim. Sei que será um pouco difícil para você acreditar, de repente, numa coisa dessas, mas pode ter certeza de que o que você vê são Espíritos que se encontram em outro plano da vida e que sua vidência consegue captar.

– Realmente, é difícil, para mim...

– Preste atenção: a única maneira de você ser curado disso, que chamam de loucura, é aprendendo a controlar essa faculdade mediúnica, usando-a para o Bem e, somente assim, poderá vir a ter, novamente, uma vida normal e bastante feliz.

– Pelo que estou entendendo, a senhora está falando de Espiritismo.

– Você já ouviu falar ou tem alguma noção do que seja Espiritismo?

– Bem... imagino que seja uma religião, na qual seus adeptos conversam com os Espíritos.

– Não é só isso, não, Roberto. É muito, muito mais. Mas, devo dizer-lhe que se você se dispuser a ser ajudado por nós, terá de conhecer essa nossa maneira de ver as coisas do mundo.

– Eu quero ser ajudado, apesar de confessar à senhora que, neste momento, não tenho assim... como dizer... propensão imediata de acreditar nesse negócio de Espiritismo. Mas, gostaria de tentar. Na verdade, não vejo nenhuma outra alternativa e, posso dizer-lhe que confio muito na senhora. Afinal de contas, apenas colocando suas mãos sobre minha cabeça, a senhora conseguiu livrar-me daquelas visões.

– Apenas apliquei-lhe um passe.

– Passe?

– Sim, um passe. O passe nada mais é do que uma doação, uma transferência de energia de uma pessoa para a outra, na qual o passista é auxiliado pelos Espíritos. Na verdade, apenas lhe forneci forças para sair daquele estado do qual você não estava conseguindo, sozinho.

– Estou impressionado, e gostaria de saber mais alguma coisa a respeito dessa sua religião.

– Devo dizer-lhe, Roberto, que não será com poucas palavras que você aprenderá tudo sobre Espiritismo. Para isso, é necessário estudar bastante, mas vou tentar transmitir-lhe algumas ideias centrais e básicas desta nossa doutrina. Em primeiro lugar, você acredita em Deus?

– Sim, acredito. Acho que nada existe por acaso neste nosso Universo infinito.

– E você já pensou no que acontece com as pessoas após a morte do corpo físico?

– Bem... sempre achei que não temos condições de saber o que acontece e, na verdade, a vida atribulada que levamos no nosso dia a dia não nos dá muito tempo para ficarmos pensando sobre isso. Mas, em princípio, acho que quem for mau, será punido e quem for bom, será premiado, de alguma forma. Pelo menos, foi assim que sempre aprendi com meus pais e nas aulas de religião que tive, quando criança, na Igreja que frequentava.

– Você acha, então, que os bons irão para o Céu e os maus para o Inferno?

– Sim. Mais ou menos isso.

– Você acha que o Céu é lugar de felicidade, Roberto?

– Sim. Eu acho.

– E que no Céu só podem estar os bons?

– Sim.

– E você acha que os bons seriam felizes sabendo que outros Espíritos estariam sofrendo, eternamente, no Inferno, sem poder ajudá-los ou seriam realmente bons se pudessem e desejassem auxiliá-los?

A partir daquele momento, comecei a perceber alguma ponta lógica no que aquela senhora estava falando.

Explicou-me que àqueles que erram, que cometem o mal, é dada a oportunidade de resgatar o que fizeram numa outra encarnação. – Quer dizer que reencarnamos? – perguntei a ela. E a mulher respondeu-me afirmativamente, com a maior convicção. Perguntou-me, então, como poderia ser explicado o fato de algumas pessoas nascerem em berço de ouro e outras sem nem terem um teto. Outras tantas que, apesar de paupérrimas, são criaturas tão bondosas e outras que, abastadas, são tão cruéis? Por que toda essa diferença...? - tornou a perguntar-me. E com respeito aos doentes, aos aleijados, às crianças que morrem em tenra idade? Seria Deus justo, permitindo tanta diferenciação entre seus filhos? Uns felizes, outros infelizes. Um bebê ao desencarnar iria para o Céu sem ter tido tempo suficiente para definir-se como bom ou mau? E se aquele que tornou-se mau tivesse desencarnado ao nascer? A mesma coisa... Não seria uma injustiça?

Em pouco tempo, dona Laura foi criando pontos de interrogação tão fortes em minha mente sobre coisas e fatos que eu nunca havia imaginado. Porém, com a mesma velocidade, começou a elucidá-los, um a um.

– Por isso, Roberto, somente o Espiritismo, com a reencarnação, pode dar uma explicação lógica para todos esses fatos tão inerentes à realidade do ser humano. Vou tentar explicar-lhe, em poucas palavras, o que vem a ser reencarnação, apesar de que, como já lhe disse, é preciso estudar bastante para conhecer os inúmeros detalhes que podem ocorrer no mundo espiritual. Preste atenção: o Espírito é criado por Deus, simples e ignorante, com a missão de depurar-se na prática do Bem para poder elevar-se até planos mais altos, haja vista que a Terra é apenas um dos planos de vida do Universo. Porém, o Espírito possui o livre-arbítrio para fazer o Bem ou o mal. No caso deste nosso planeta, o Espírito reencarna muitíssimas vezes até se elevar, moralmente, no Bem. Se ele erra numa encarnação, lhe é dada uma nova oportunidade de aqui retornar para reparar o erro e ajustar-se junto àqueles mesmos Espíritos encarnados que ele possa ter prejudicado.

– Quer dizer que já vivemos outras encarnações?

– Pode ter certeza que sim.

– E como não nos lembramos?

– Não nos lembramos por única e exclusiva bondade de Deus, para que não vacilemos em nos modificar ante aqueles que também reencarnaram em nosso círculo de relacionamento. E, nada mais justo que o Espírito que erra, reencarne em situação idêntica àquela por ele provocada para que, pela experiência, pela dor, repare o mal que, talvez, tenha cometido.

– Mas todos reencarnam para reparar algum mal?

– Nem todos. Muitos já são mais evoluídos e aqui vêm ter para ensinar alguma coisa aos outros, seja por palavras, seja por exemplos edificantes ou, simplesmente, para ajudar algum outro Espírito com o qual tenha afinidade. Somente a reencarnação pode explicar, por exemplo, as diferenças entre irmãos consanguíneos, que tiveram a mesma educação, o mesmo carinho e exemplos, e que são tão diferentes, moralmente.

– É verdade... mas o que tudo isso tem a ver com o que está acontecendo comigo?

– Você, com sua mediunidade, está enxergando Espíritos inferiores que se comprazem com o mal e, inclusive, às vezes, como me contou, enxerga o próprio habitat deles.

– Habitat?

– Sim. Vou lhe explicar mais uma coisa. Existem diversos tipos de planos vibratórios onde os Espíritos desencarnados habitam.

– Iguais ao nosso?

– Posso lhe dizer que existem planos, dos quais o nosso é, praticamente, uma cópia.

– Como assim?

– Entenda que a verdadeira vida é a espiritual. Este nosso mundo, em que vivemos, é apenas um plano com uma determinada vibração, diferente da dos outros planos da verdadeira vida que, como já lhe disse, é a espiritual. Quando um Espírito encarna, ele, simplesmente, nasce neste nosso mundo, vestindo um corpo mais denso que o seu perispírito.

– Por favor, explique-me um pouco mais devagar. O que é perispírito?

– Perispírito é o que une o Espírito ao corpo. Sua composição é ainda, para nós, desconhecida. Somente sabemos que ela é extraída do fluido universal. Chamamo-lo de quintessência da matéria ou princípio de vida orgânica, mas apenas isso. O intelecto é do Espírito. Esse envoltório que une o Espírito ao corpo e que denominamos de perispírito e que é tirado do meio ambiente, varia de acordo com a natureza dos mundos onde o Espírito vive. Quando um Espírito desencarna, no momento da morte do corpo, ele continua a possuir esse perispírito a lhe envolver e, geralmente, ele mantém a forma do corpo que o Espírito possuía ou, então, plasmado, de maneira diferente, de acordo com a índole boa ou má do Espírito. Outro detalhe importante é que o plano espiritual pode visualizar este nosso plano, enquanto que nós não podemos visualizá-los, a não ser pessoas como eu, você, e tantos outros que possuem um determinado tipo de mediunidade que é a chamada vidência.

Tudo aquilo estava sendo explicado para mim com muita velocidade. Era uma carga enorme de conhecimentos novos que abalaram tudo o que até então eu conhecia ou pensava conhecer sobre as coisas da vida. Mas devo confessar que, com a mesma intensidade com que essas revelações me eram fornecidas, eu as assimilava rapidamente, como se já as tivesse sabido um dia. Parecia-me que dona Laura apenas me recordava de algo que eu havia me esquecido, tamanha a lógica do que ela me dizia e tamanha a minha compreensão. Parecia até saber o que ela iria me dizer no minuto seguinte e disse isso para ela que, sorrindo, disse já ter percebido isso.

– A senhora poderia me dizer mais a respeito dos diversos planos?

– Sim. Quando um Espírito desencarna, ele não abandona seus hábitos, seus desejos, suas virtudes, suas fraquezas e vícios e, então, por uma questão de vibrações que poderíamos chamar, didaticamente, de mentais, ele vai se localizar num plano condizente com o que ele realmente é, passando a interagir com outros Espíritos que lhe são afins. E, assim como existem planos superiores, existem planos inferiores, inclusive ao nosso. Esse que você visualiza, é um deles.

– Mas... por que os Espíritos que vejo são tão horrendos?

– Porque, como já lhe expliquei, o perispírito é plasmado de acordo com a evolução moral do Espírito e é evidente que um Espírito de má índole revista-se de horrível forma, muitas das vezes, até exagerada, por sua própria vontade, querendo parecer pior do que já é.

– E eles podem ser ajudados a sair dessa condição?

– Aí está o ponto em que eu queria chegar: eles podem, devem e depende de nós auxiliá-los.

– Mas, por que nós, encarnados, e como é feito isso?

– Vou lhe explicar. Quando um Espírito desencarna, se ele viveu muito apegado às coisas materiais deste nosso mundo, ele se localiza em planos bem próximos ao nosso e muitos ainda nem chegam a perceber que já abandonaram este lado e ficam perambulando junto a coisas e pessoas, como se estivessem sonhando com o que lhes está acontecendo, vivendo num verdadeiro estado de torpor. Pelo apego a este nosso mundo, não conseguem nem visualizar o plano em que realmente se encontram, como também não enxergam e nem ouvem outros Espíritos que falam com eles e desejam ajudá-los. A maioria sofre com isso porque quer "acordar" desse estado e não consegue. Quantos não ficam, como se estivessem tendo um pesadelo, vivendo os últimos momentos de sua morte, sofrendo, durante muito tempo, as dores que sentiram num leito de hospital ou o momento de seu desenlace, por exemplo. Revivem, muitas vezes, cenas terríveis, das quais foram causadores e protagonistas, que a própria consciência culpada lhes amolda à mente. Outros apercebem-se do que lhes aconteceu e querem vingar-se de pessoas que foram suas inimigas desta ou de outra encarnação que recordaram, quando desencarnados. Outros tantos são aliciados por Espíritos que os escravizam e fazem-nos cometer atrocidades, em forma de perturbações, a Espíritos encarnados ou desencarnados e não conseguem também vislumbrar os Espíritos Superiores que os querem ajudar. Quantos se revoltam por terem desencarnado ou, então, por não terem encontrado, após a "morte" o Céu, do qual se achavam merecedores, sem nada terem feito realmente para isso e se entregam, conscientemente, à prática do mal. É o caso desses Espíritos que você vê. São entidades revoltadas que, aliadas, em verdadeiras legiões, escravizam outros que, de consciência pesada, não conseguem evitar-lhes o assédio e que não veem outra saída a não ser servi-las, praticando o mal, quase que, completamente hipnotizadas por elas. O que acontece, então? Espíritos do Bem que trabalham nesse mister de auxílio ao próximo, fazem com que cheguem até um Centro Espírita que se devota a esse mesmo trabalho de doutrinação e fá-los comunicar-se, através de um médium, para que possam ser esclarecidos quanto ao erro que estão cometendo ou para que lhes seja revelada a situação em que se encontram, fazendo com que possam, através de caridosas vibrações mentais, ter condições de enxergar e ouvir os Espíritos mais evoluídos que querem ajudá-los. Muitas vezes, esses Espíritos do Bem conversam com eles, através de um outro médium, usando suas cordas vocais ou, então, de maneira intuitiva.

– Esse é o motivo das sessões espíritas?

– Sim e também usufruímos, numa reunião, de ensinamentos desses Espíritos elevados, através de um médium falante. Muitas lições aprendemos com esses Espíritos.

– E como a senhora me explica o que vi quando

do suicídio daquele homem? Foi, realmente, um Espírito que o fez cair?

– Certamente. Vou lhe explicar, sucintamente, o que poderia ter acontecido: esse senhor, desesperado, por algum motivo que desconhecemos, começou a pensar em pôr fim à vida. O que aconteceu, então? A partir do momento em que passou a vibrar nessa ideia, atraiu, para si, um Espírito que, também por motivos, para nós, desconhecidos, fez com que ele não tirasse mais isso da mente até que, num momento propício conseguiu induzi-lo a dirigir-se para a sacada do prédio, também não permitindo que ele desistisse de seu intento, como você me contou.

– E como vocês, espíritas, aprenderam tudo isso?

– Através de livros que são mensagens de Espíritos Superiores a nos ensinar e explicar como é o lado de lá e como tudo acontece.

– Já ouvi falar... Allan Kardec... Chico Xavier...

– Sim. Infelizmente você não poderá ter acesso a esses livros, aqui, nesta clínica, mas quando sair, vou lhe indicar vários, com os quais poderá aprender muito sobre esta Doutrina que não tem pontos de interrogação e que a sua lógica satisfaz o mais exigente dos estudiosos. Enquanto aqui estiver, aprenderá comigo nesses intervalos em que a câmera é vigiada por Pedro.

– Agora gostaria que me falasse sobre esse trabalho que vocês realizam com os doentes e como é que conseguirão curar-me desse mal por que passo.

– Antes de mais nada, preciso lhe dizer que o que você tem não é um mal e, sim, uma dádiva de Deus que lhe deu essa capacidade, através da qual, poderá ajudar o próximo. Você não é um doente e, por isso, não terá que ser curado, apenas terá que ter controle sobre essa sua mediunidade, colocando-a em prática a serviço do Bem e apenas nos momentos adequados.

– E quanto ao trabalho?

– É uma sessão que realizamos, onde ajudamos muitos Espíritos encarnados e desencarnados, através da doutrinação de obsessores, tais como os que você vê. Auxiliando-os, com muito amor, pois também são nossos irmãos e muito mais necessitados do que nós, estamos auxiliando pessoas encarnadas que sofrem o assédio deles, que as fazem sofrer com as mais terríveis maldades.

– Espíritos, como eles, que fazem com que todos esses pacientes estejam aqui internados e, também em sanatórios, pelo mundo todo?– Na maioria das vezes, sim.

– E esses pacientes podem ser curados?

– Não todos. Os que são só obsidiados podem, porém há outros que nascem com deficiência no cérebro ou a adquirem por algum motivo. De outras vezes, o corpo, plasmado pelo próprio perispírito, já carrega o distúrbio. Para esses doentes só nos resta dar-lhes condições para viver em paz essa reencarnação de resgate de dívidas do passado, provocadas por eles mesmos. Temos também que auxiliá-los para que Espíritos obsessores não lhe atrapalhem essa experiência terrestre, importantíssima para eles. Além disso, precisamos devotar-lhes muito amor para lhes suavizar essa situação, proporcionando-lhes um pouco de alegria íntima. O trabalho nesse mister é muito grande e bastante complexo. Veja você que até mesmo o alcoólatra é, geralmente, levado a esse estado, por obsessores e que não adianta, apenas, desintoxicá-lo e dar-lhe alta. É preciso um trabalho de doutrinação sobre esses Espíritos e também um trabalho de assistência junto à família do doente para que ela o ajude quando ele for para casa. Normalmente, a pessoa começa a beber por causa de problemas familiares.

– Mas por que Deus permite que tudo isso aconteça?

– Roberto, não se esqueça de que nada do que nos acontece é por acaso. Muitas vezes merecemos, ou melhor, nós mesmos causamos, a nós mesmos, esse tipo de obsessão, por tudo o que fizemos em encarnação ou encarnações anteriores. Quando fazemos o mal, inevitavelmente, atraímos o mal contra nós. Muitas vezes, também, reencarnarmos com problemas físicos ou mentais, é uma dádiva que Deus nos concede pois imagine a perseguição que um Espírito encarnado pode sofrer, por parte de outros Espíritos, se ele cometeu um mal gravíssimo a todos eles, em outra vida e não foi ainda, perdoado por eles. Porém, reencarnando com essa grande dificuldade, poderá, com o tempo e com a ajuda dos Espíritos do Bem, suscitar pena e compaixão por parte de seus perseguidores que também serão beneficiados, a partir do momento em que o perdoarem. A mesma coisa acontece quando Espíritos inimigos reencarnam sob o mesmo teto, como mãe e filho, por exemplo, onde o amor materno substituirá o ódio que reinava entre eles. Esse, também, é um dos motivos do esquecimento das vidas passadas, apesar de trazermos, de maneira latente em nós, o nosso passado. Isso você pode comprovar nas antipatias gratuitas que sentimos por pessoas de nosso círculo de vida, assim como afinidade e simpatia por outras.

– Entendo...

Nesse momento, Reinaldo entra no quarto.

– É melhor a senhora ir, agora, dona Laura. Pedro vai ser substituído. Não percamos tempo.

– Preciso ir, Roberto. Não posso deixar que saibam que vim aqui, à noite. Como já lhe falei, meu turno foi trocado.

– E como a senhora entrou aqui? E, como vai fazer para sair?

– Amanhã eu lhe explicarei como agimos. Boa noite e fique calmo. Rezarei por você e não se esqueça: ore bastante. Você será auxiliado.

– Deus lhe pague, dona Laura.

Nessa noite, dormi tranquilamente, sem ser perturbado e, com bastante esperança, roguei a Deus, em oração, para que dona Laura estivesse certa em tudo o que me ensinara.

X

Mãe sunta

— E, ENTÃO, DÉBORA, O QUE ACHOU DE ROBERTO? — pergunta Ciro à cunhada, enquanto Justina distrai a pequena Raquel em seu quarto.

— Sinceramente, não sei o que dizer. Vi-o por muitíssimo pouco tempo, pois quando cheguei perto e ele se mexeu na cama, um enfermeiro postou-se entre nós, e o doutor Frederico pediu-me para sair. Pelo que consigo lembrar de sua fisionomia, achei-o muito pálido e um pouco mais magro.

— Isso eu acho até natural; afinal de contas, ele está doente.

Os olhos de Débora enchem-se de lágrimas e começa a chorar.

— Acalme-se, Débora. Desse jeito, você também adoecerá.

— Já não aguento mais, Ciro. Ficar longe de Roberto... O que será que ele está pensando? O que será que ele imagina de nós que o abandonamos lá na clínica?

– Não pense assim; Roberto é inteligente e saberá compreender a sua situação e a nossa atitude. Ele sabe que o amamos.

– Será que ele ainda tem momentos de lucidez?

– É lógico que tem, Débora.

– Não sei, não, e vou lhe confessar uma coisa: não confio muito naquele médico.

– Por que você diz isso?

– Não vi sinceridade em suas palavras. Parecia querer esconder-me algo e, durante todo o tempo que lá estive, pareceu-me também ansioso em ver-me pelas costas.

– O doutor Ramos garantiu-me que é um dos melhores médicos nesse campo e que já curou muita gente como Roberto. Acho que precisamos ter paciência.

– Não gosto de respostas evasivas como as que ele me deu.

– Acredito que é porque ele não teve condições ainda de ter um diagnóstico completo sobre o que está acontecendo, mas se ele disse que tem certeza de curá-lo, vamos dar-lhe um voto de confiança, mesmo porque, para onde levaríamos Roberto, se ele é o melhor? Será que não poderíamos nos arrepender depois se, mudando de médico, ele piorasse?

– Talvez você tenha razão mas, não vejo motivo para afastar-nos um do outro. Acho que eu só ajudaria se a gente se visse todos os dias.

– Eu já procurei me informar sobre isso e descobri

que, em todas as clínicas desse tipo, existe um período de afastamento dos pacientes com seus familiares.

– Outra coisa, Ciro...

– O quê?

– Você não achou estranho o fato de o doutor não nos mostrar a clínica, suas dependências, os outros pacientes? Acho que seria mais natural mostrar para a família, o lugar onde um de seus parentes vai ficar.

– Não pensei nada sobre isso, Débora. O que eu acho é que teremos que ter paciência e aguardar mais uns dias, creio, para podermos visitar Roberto.

– Sonho com esse momento.

– E Raquel?

– Coitadinha. Está sofrendo muito com a ausência do pai. Não sabemos mais o que fazer para distraí-la e alegrá-la.

– É verdade... bem, preciso ir. Se precisar de alguma coisa, já sabe, é só telefonar e procure ficar calma. Tudo vai dar certo.

Assim que o cunhado sai, Débora vai ter com Justina e Raquel, no quarto da empregada. Enquanto a menina, distraída, brinca com um quebra-cabeça, Justina ora defronte de um oratório.

– Sempre rezando, Justina?

– Sim, e agora, muito mais pelo restabelecimento de seu Roberto e pela senhora, para que lhe dê muita força para suportar tudo o que está acontecendo.

– Eu lhe agradeço de coração, Justina. Deus lhe pague. Suas orações estão fazendo muito bem a mim e a Raquel e, tenho certeza, também a Roberto.

– A senhora não gostaria de rezar, aqui comigo?

Débora aceita o convite e o faz ao lado da mulher. Ficam ali por alguns bons momentos, concentradas na oração, olhos cerrados. De repente, ouvem a voz de Raquel. Abrindo os olhos, deparam com a menina ao lado da mãe, com os olhinhos fechados, orando.

– Anjinho do Céu, ajuda o meu papai para que ele venha logo para casa. Fala para ele que estou com muita saudade e que não precisa se preocupar em trazer presente para mim. Não precisa. Raquel quer o papai como presente. Fala para ele vir logo. Por favor.

Nesse momento, a menina olha para o lado e vê a mãe e Justina que a olham, com grande compadecimento e com lágrimas nos olhos.

Em seguida, levanta-se e abraça Débora e Justina, chorando junto com elas.

✳✳✳

São duas horas da tarde e Raquel está dormindo, enquanto Débora e Justina fazem um pequeno trabalho de limpeza na sala de estar.

– Dona Débora... eu quero lhe fazer uma pergunta, mas espero que a senhora não me leve a mal. Se quiser, tudo bem, se não, não faz mal.

– O que é, Justina? Pare de rodeios e fale logo, criatura – pede Débora, que já conhece a empregada e sabe quando ela está querendo alguma coisa, mas está sem coragem. – Fale, mulher...

– Bem ... é que... bem ... a senhora sabe que não sou ligada nessas coisas... sabe que tenho os meus santos, que vivo rezando e...

– E o quê, Justina? Vamos, desembuche.

– Bem... a senhora não gostaria de consultar a mãe Sunta?

– Mãe Sunta? E quem é essa mãe Sunta, Justina?

– É lá da minha vila. Ela é vidente, sabe e fala tudo o que está acontecendo com as pessoas e até aconselha o que fazer.

– Ora, Justina, você acha que eu acredito nessas coisas?

– Sei que não, mas a senhora irá acreditar. Tenho certeza.

– E por quê?

– Quando ela falar coisas que só a senhora sabe, coisas de sua vida, então acreditará.

– E por que você quer que eu vá falar com ela?

– Pode ser que ela saiba alguma coisa sobre seu Roberto.

– Você acha, mesmo? – pergunta, agora, um pouco interessada, principalmente, porque sabe que a empregada não é de inventar coisas.

– Poderíamos tentar. Afinal de contas, acho que mal não vai nos fazer.

– Não sei...

– Tenho certeza de que ela vai falar a verdade sobre o que está acontecendo com seu Roberto, se a clínica e o médico são bons e até dizer se ele vai sarar.

– Você acredita, mesmo?

– Acredito. Eu já vi aquela mulher revelar tanta coisa que dá para acreditar. Eu acredito.

– Você vai sempre lá?

– Às vezes. Sabe, ela mora perto de casa e muitas pessoas batem em minha porta, porque é a primeira da rua, para perguntar onde ela mora e eu, então, as acompanho e acabo assistindo.

– E como sabe que o que essa mãe Sunta fala é verdade?

– Porque, depois de terminado o trabalho, as pessoas confirmam tudo o que ela falou.

As duas ficam por alguns momentos olhando uma para a outra, até que Débora resolve:

– Está bem, Justina. Vamos conhecer a tal de mãe Sunta. Quando podemos ir?

– Vou conversar com ela hoje à noite. Quem sabe, amanhã à tarde. No caminho, poderemos deixar a Raquel na casa de Dalva.

***

Já são perto de três horas da tarde quando Débora e Justina chegam à casa de mãe Sunta, num bairro pobre e distante do centro da cidade. Um calor insuportável toma conta da pequena sala, onde mais três pessoas aguardam a vez de serem atendidas pela vidente, num quarto contíguo, a portas fechadas. Logo, esta se abre e sai uma mulher, já atendida, que não consegue conter e nem disfarçar a alegria estampada em seu rosto. Olha para todas que estão ali e sai da casa.

– Pode entrar, dona Débora – pede, então, mãe Sunta, de dentro do quarto.

– É a sua vez, patroa – incentiva Justina.

– Ela sabia o meu nome? – pergunta, baixinho.

– Eu não lhe disse, não, mas vá, entre logo. Mãe Sunta não gosta de esperar.

Débora levanta e dirige-se para dentro do outro cômodo. Mãe Sunta é uma velha de perto de setenta e poucos anos, magérrima e exageradamente maquiada e enfeitada com colares e pulseiras baratas.

– Sente-se aqui, minha filha – pede, indicando os pés da cama onde está deitada.

Débora assusta-se com a figura da velha, apesar de ela inspirar confiança, principalmente no seu olhar manso. Examina, rapidamente, o quarto, enquanto senta. Vê, acima da cabeceira da cama, um quadro de Jesus e, por todo o cômodo, vasinhos de flores e santos de todos os tipos.

Depois de fitar Débora por alguns momentos, mãe Sunta cerra os olhos e permanece quieta e imóvel, até parecer despertar com alguns soluços. Toma as mãos de Débora entre as suas e começa a falar.

– Você está muito triste, não é, minha filha? Sunta está sabendo. Você já foi muito feliz com seu marido e sua filhinha.

"– Será que Justina falou de mim para ela?" – pergunta-se, mentalmente.

– Você acha que alguém falou comigo a seu respeito, não é?

– ?

– Pode ter certeza que não.

"– Como poderia saber de minha filhinha?" – pensa Débora, atabalhoada.

– Não tenha medo de mãe Sunta. Só quero lhe fazer o bem, dizendo-lhe o que realmente está lhe acontecendo e talvez quem sabe, dando-lhe alguns conselhos que os santos, através de forças invisíveis, revelam-me. Deixe-me concentrar mais um pouco.

A velha cerra novamente os olhos e, agora, após alguns segundos, começa a sacolejar o corpo magro em repetidas convulsões, até que se acalma. Abre os olhos e seu olhar, apesar de dirigido a Débora, parece atravessar-lhe, tentando buscar alguma coisa mais além daquele ambiente.

– Você sofre porque seu marido está doente e confinado em... está confinado... não estou conseguindo... ah, sim... agora, sim... está aprisionado em um tipo de hospital. Vejo-o deitado em uma cama e alguém o está amarrando.

– Amarrando? – assusta-se Débora.

– Não fale. Só ouça, ou vai atrapalhar minha concentração.

– ?

– Minha filha, não tenha receio e nem se preocupe muito com o que está acontecendo com seu marido. Ele está passando por tudo isso para o próprio bem dele. Pode ter a certeza de que ele muito lucrará, moralmente, com isso.

– Como assim? – pergunta Débora, nada entendendo e, ao mesmo tempo, assustada com o fato de não compreender como essa mulher pode saber que Roberto está internado.

– Seu marido é um homem predestinado, minha filha.

– Homem predestinado?

– Sim. Veja bem: além de estar tendo a oportunidade de aprender coisas muito importantes lá onde está, também está tendo a oportunidade de resgatar uma dívida de seu passado.

– Passado? Ele nunca fez nada de errado no passado.

A mulher sorri.

– Minha filha, não se preocupe agora com as minhas palavras, pois pode ter a certeza de que um dia muito breve, conhecerá algo novo que lhe explicará tudo isto que estou lhe dizendo. Apenas creia que seu marido está sendo muito auxiliado.

– Pelo médico que trata dele?

– Não, absolutamente. Ele está sendo muito ajudado pelos Espíritos que têm a missão de ampará-lo nesta sua reencarnação.

– Reencarnação? Eu não entendo.

– Como já lhe disse, logo, logo, vai conhecer muitas coisas.

– E o que devo fazer, no momento, para auxiliá-lo?

– Ore, minha filha. Ore bastante por ele e tudo será mais fácil.

– A senhora disse que viu que alguém o estava amarrando...

– Sim, mas não se preocupe com isso. Ore bastante e espere. Tenha paciência e confiança em Deus e nos bons Espíritos.

– E o que a senhora vê?

– Mais nada. Apenas peço-lhe o que um dos Espíritos que auxiliam seu marido está me pedindo para dizer-lhe: ore bastante. Pode ir, agora, minha filha.

– Quanto lhe devo, senhora?

– Nada. Não cobro nada, pois, na verdade, quem trabalha são os Espíritos e não eu.

Débora, então, beija a mão de mãe Sunta e sai da sala. Justina a acompanha.

– E, então, dona Débora?

Débora conta-lhe tudo o que aconteceu dentro do quarto de mãe Sunta.

– O que acha disso tudo, Justina? Achei que a mulher só falou coisa boa. Não posso entender. Roberto está lá, internado e ela fala que é para o bem dele.

– Sabe, mãe Sunta não costuma errar. Agora, tem uma coisa: nunca a ouvi falar de coisas ruins. Só quando é muito necessário.

– Ela disse que viu Roberto sendo amarrado, Justina.

– Bem... quanto a isso, acho que a senhora deveria verificar na clínica.

– É o que vou fazer, Justina. É o que vou fazer.

– Mas não se esqueça de orar bastante. Eu e Raquel a acompanharemos nas orações.

– Deus lhe pague.

✳✳✳

Durante todo o dia seguinte, Roberto permanece no pátio da clínica, às vezes sentado à sombra de árvores ou, então, passeando, caminhando e observando os outros doentes, sempre vigiado pelo enfermeiro Clóvis.

Chega, então, a hora em que os enfermeiros deixam os pacientes a sós, para que eles fiquem mais à vontade enquanto os observam, através das câmeras.

Roberto continua sentado, analisando o comportamento dos companheiros. De repente, percebe um homem num dos cantos do pátio que, cambaleante, vai se encaminhando em direção a um dos pacientes que Roberto sabe ser um alcoólatra em tratamento.

– Meu Deus – exclama, consigo mesmo, quando o homem começa a gargalhar, enquanto caminha. Os outros pacientes parecem não se dar conta da presença do estranho e Roberto sabe não tratar-se de um deles.

"– Será... – pergunta-se, amedrontado. – Será... que estou tendo visões, novamente...?"

Quando o homem chega perto do paciente, este começa a mexer-se, incomodado com a estranha presença, apesar de dar mostras de não o estar vendo.

Roberto se levanta e dirige-se para perto dos dois, fingindo não ver o outro e fica ouvindo as palavras que são endereçadas ao alcoólatra.

– E, então, Narciso, você deve estar louco de vontade de tomar uma cachaça, não é?

Chega-se mais perto e quase encosta seu rosto junto ao do paciente.

– Sente o cheiro? Há quanto tempo você não bebe, hein? Que vontade você deve estar sentindo, não? Já pensou se estivesse agora na mesa daquele bar lá da esquina? Hum... acabei de tomar uns bons goles. Lembra do Pereira? Pois é, o Pereira já está bebendo o triplo do que bebia. Sabe por quê? Porque um terço do que ele bebe, sou eu quem usufrui. Ora, você não entende nada disso, não é? Nem sabe que nós, Espíritos, podemos nos aproximar de vocês e sorver grande parte do que bebem. E existe coisa melhor do que embriagar-se? Ficar com a mente anestesiada? Esquecer tudo o mais? Era isso que você fazia, não é? Ah! Ah! Ah! Mas o que você não sabe, Narciso, é que eu fiz tudo isso com você. E você merecia e merece muito mais. Você nem se lembra de sua outra vida, não é? Claro que não se lembra, mas, eu não me esqueço, não, seu traidor! Eu não me reencarnei como você. Fiquei aqui, deste lado. Lado horrível para mim. Passei anos procurando-o, até que o encontrei nessa sua nova roupagem. Pensou que pudesse escapar de mim, não foi?! Trágico engano o seu. Como já disse, passei anos procurando-o. Você sabia que se tivesse tido uma vida regrada eu não o teria encontrado? Não sabia... É... mas você não mudou nada... Continuou a enganar os outros, a roubar, como fez comigo e, por isso, o encontrei. Sabe porque começou a beber? Porque eu o fiz entregar-se à bebida, como nos velhos tempos. E agora? Pensa que porque está aqui dentro, está livre de mim?! Não, não está. A minha vingança ainda não se completou. Ela só vai ficar completa quando eu fizer com que toda a sua família o queira bem longe, bem longe, trancado aqui dentro. Mas eu virei aqui todos os dias, como sempre faço, para lembrá-lo do que fez comigo e trazer para você este odor característico do álcool para que enlouqueça, cada vez mais, de tanta vontade!

Roberto fica impressionado com o que ouve, principalmente ao perceber que o paciente já está dando sinais de desespero, enterrando o rosto entre as mãos e sacudindo todo o corpo. Olha, então, para os lados e vê que ninguém está olhando para eles. Alguns já estão começando a caminhar, enquanto outros continuam parados como estavam. Chega mais perto do paciente e, olhando diretamente para o Espírito obsessor, fala com ele:

– Por que você faz isso?

Os dois voltam-se para ele, assustados.

– Você está falando comigo? – pergunta-lhe o paciente, mas Roberto continua olhando para o Espírito.

– Está me vendo, moço? – pergunta-lhe, por sua vez, o obsessor.

– Sim. Estou falando com você.

O paciente olha para a direção que Roberto está olhando e nada vê.

– Quer dizer, então, que temos um doente que vê o nosso mundo?

– Sim, eu o estou enxergando e torno a lhe perguntar: por que faz isso com o pobre coitado?

Narciso imagina que Roberto deve estar em crise e, lentamente, se afasta do local. O Espírito continua encarando, ameaçadoramente, Roberto.

– Pobre coitado?! Você não sabe o que esse ser repugnante fez comigo. Ele levou-me à bancarrota, roubando-me, e deixou a mim e à minha família, na miséria. Tornei-me um bêbado até desencarnar sem uma única pessoa querida para, nem ao menos, acompanhar meu corpo no enterro. Você não sabe o que sofri nas mãos de outros, até que meu ódio, mais forte que tudo, deu-me forças para libertar-me e agir por conta própria. Alimento-me das emanações alcoólicas que encontro pelos bares da vida e passei anos e anos a procurar por

esse verme, para vingar-me. Agora o encontrei e vou trazê-lo para este lado para que sofra tudo o que sofri.

– E daí?

– E daí, o quê?

– E quando conseguir tudo isso? O que lhe adian-
tará? Que sentido as coisas lhe darão, daí para a frente?
O que fará, então?

– O que farei?! Passarei a eternidade vingando-me
dele.

– Até cansar-se, não é? Ou você pensa que esse
seu ódio o alimentará para o resto de seus dias? Por que
não o ajuda, ao invés de perturbá-lo? Se você conseguir
modificá-lo, não será melhor para você?

– Olhe, moço, está perdendo o seu tempo e eu
também. Vou voltar ao meu trabalho.

– Espere. Vamos conversar mais um pouco.

Nisso, uma voz corta a conversa dos dois.

– Deixe este comigo, companheiro. Eu tomo conta
dele.

Os dois olham para a direção da voz e Roberto
sente um calafrio ao ver outro Espírito a poucos metros
dele. Percebe que é um Espírito, pois, assim como aquele outro, quando olha, enxerga-o um pouco mais nítido
do que o restante do cenário, que se lhe apresenta um
pouco apagado e nebuloso. Parece que a figura está em
primeiro plano, nítida, e que o restante, um pouco fora
de foco.

O obsessor afasta-se em direção à sua presa, deixando Roberto com seu novo interlocutor.

– Você consegue me reconhecer? Sei que não,

pois tomei uma forma mais humana, não é? Mas... não se lembra dessa minha fisionomia? Faça um esforço.

"– Onde já teria visto aquele rosto?" – pensa.

– Como é, Roberto, não se lembra de mim? Não faz mal. No momento propício, saberá quem sou.

Roberto força a memória, mas não consegue lembrar-se, apesar de ficar um pouco chocado com aquela figura.

Nesse momento, os enfermeiros voltam para dentro do pátio e Clóvis começa a observá-lo, à distância.

– Quer dizer que vai fazer parte do time de idiotas da velha? – pergunta-lhe o Espírito, agora, ao lado de uma árvore. – Você não tem medo, Roberto? Pois deveria ter. Vamos enlouquecê-lo. Vamos matá-lo. Vamos fazer com que nos odeie para o resto de sua vida e, daí, então, será nosso prisioneiro para sempre.

Roberto já está a apenas poucos passos de distância e sente um estranho entorpecimento na mente, quando tem, cada vez mais, a certeza de que, realmente, aquela fisionomia lhe é bastante familiar. De repente, enorme ódio toma conta dele. Sente um ódio mortal daquele ser que está à sua frente.

– Mas, o que vejo? – pergunta a figura, maliciosamente. – Ódio em seu olhar? Mas já, Roberto? Isso leva-me a crer que está me reconhecendo. Isso mesmo, quero que comece a odiar-me, desde já. Apesar de que você não sabe o que é ódio. Saberá quando vir o que faremos com sua família. Com sua filhinha e com sua linda mulherzinha! Ah! Ah! Ah!

Roberto não se contém e avança em direção àquele ser que desaparece no mesmo momento em que parece atravessar-lhe o corpo, aparecendo, logo em seguida, em outro canto do pátio. Roberto, alucinado, não raciocina mais e começa a persegui-lo, atirando-se contra o vazio, chegando a trombar com uma das paredes, tamanha a impulsão que dá ao corpo na investida.

– Ei! Pare com isso! – grita Clóvis que, acompanhado por mais dois enfermeiros, correm em sua direção, alcançando-o e imobilizando-o.

– Larguem-me! Quero pegar esse maldito! – grita, debatendo-se e tentando soltar-se das mãos dos enfermeiros. Bem à sua frente, o estranho homem lhe sorri, triunfante, e começa a transformar-se, passando à compleição do monstro já conhecido de Roberto. A voz é, então, trocada pela daquela horripilante criatura.

– Ainda nos veremos, seu tolo. E muito cuidado! Não se meta onde não é chamado ou se arrependerá amargamente.

– Vamos levá-lo para o quarto. Endoideceu de vez.

– Não endoideci coisa nenhuma. Eu estou bem. Por favor, não me façam dormir, novamente. Eu não quero.

– Fique calmo, seu Roberto. Logo, o senhor estará bem tranquilo. Vamos logo, pessoal. Para o quarto. Lúcio, prepare a injeção.

– Injeção, não! – grita Roberto, desesperado. – Injeção, não! Não quero dormir. Pelo amor de Deus! Preciso ficar acordado. Não me façam dormir!

E debate-se tanto que os enfermeiros precisam usar de muita força e até certa dose de violência para levá-lo de volta ao quarto. Nos corredores, o alarido e os berros de Roberto são ouvidos por dona Laura que corre para ver o que está acontecendo.

– O que foi?! O que ele fez?! – pergunta, antes mesmo de chegar até os enfermeiros e Roberto.

– Está tendo uma crise violenta. Precisamos "apagá-lo", com urgência.

– Não deixe que me dopem, dona Laura! – implora, já mais calmo em sua tentativa de escapar dos enfermeiros. – Eu já estou bem. Diga a eles.

– Acalme-se, meu filho. Acalme-se e entregue-se. Deixe-me ajudá-los.

Dizendo isso, abraça Roberto pela cintura e pede aos homens que afrouxem um pouco a pressão sobre os braços e o pescoço, que é por onde o estão segurando.

– Vamos com calma. Muita calma.

– Não quero mais dormir, dona Laura. Diga-lhes que estou bem.

– O que ele fez? – pergunta a Clóvis, enquanto entram no quarto e fazem Roberto deitar-se e um dos enfermeiros vai buscar a injeção. Clóvis conta tudo o que aconteceu.

Roberto não sabe mais o que fazer. Sabe que agora não adianta fingir que não aconteceu nada, mas também não pode contar o que viu, para não comprometer a mulher, e fica em silêncio.

Dona Laura olha carinhosamente para ele, que percebe, em sua fisionomia, que ela entende e aprova o que ele está fazendo.

– Muito bem, meu filho. Agora, você precisa tomar

um medicamento para acalmar-se. Amanhã será um outro dia.

Roberto entende o que a enfermeira quer lhe dizer com aquela frase. Sabe que ela o procurará no dia seguinte para conversar com ele.

– E procure controlar-se, amanhã, está bem?

– Sim. Vou tentar.

Nesse momento, entra o enfermeiro com a injeção.

– Espere um instante. Vou ligar para o doutor Frederico. – ordena Clóvis.

***

Nesse momento, na sala do doutor Frederico...

– É impossível, dona Débora, o que está pedindo – argumenta o médico. – Seus cunhados estão cientes disso?

– Não, não estão, e nem precisam. Eu sou a esposa de Roberto e quero vê-lo, agora mesmo.

Nisso, o telefone interno toca e o médico atende.

– Quem...? Como? Teve uma crise? Como foi? Atirava-se em direção a quem? A ninguém? Sim... contra uma parede? Entendo... Lógico. Pode lhe aplicar o medicamento. Já irei examiná-lo. Até logo.

Desliga o telefone e volta-se para Débora

– Bem, voltando ao assunto, repito-lhe que não será bom para o tratamento de seu marido, que o veja nesta primeira etapa, mas para que fique calma e, se prometer que só voltará a vê-lo dentro de um mês, que é o tempo de que precisamos, farei uma exceção, hoje.

– Farei o possível, doutor.

– Então, daqui a alguns minutos, iremos vê-lo. Vamos conversar um pouco, primeiro, sobre o tratamento. A propósito, não sei se Roberto estará acordado ou dormindo e, se estiver dormin...

– Espere um pouco! – sobressalta-se Débora, levantando da cadeira, num só impulso. – Esse telefonema! Era sobre Roberto, não era?! E o medicamento era para dormir... Atirou-se contra uma parede?! Era ele, não era?!

– Calma, minha senhora.

– Vou vê-lo, já! – grita, abrindo a porta.

Olha para um lado e para o outro, na tentativa de lembrar-se onde era o quarto do marido e sai correndo para a esquerda. O médico tenta impedi-la, mas não consegue. Caminha, rapidamente, em seu encalço.

– Não entre aí! – grita para Débora quando esta chega à porta do quarto. Ela não lhe obedece e abre-a, violentamente. Os três enfermeiros olham assustados para ela.

– Roberto! – chama, parada, estática, a olhar para a cena.

Dois enfermeiros estão segurando seu marido pelos braços, enquanto outro segura, em uma das mãos, uma seringa vazia e uma senhora gorda, de cabelos grisalhos, apoia a mão direita sobre a sua testa.

– Quem é você?! – pergunta a dona Laura. – O que está fazendo com meu marido?

Num salto, alcança a mulher e tira-lhe a mão de

Roberto, abraçando-o pelo pescoço e olhando-a, ameaçadoramente.

– Vou tirá-lo daqui, querido. Doutor, quero levá-lo para casa – diz, no momento em que o médico entra no quarto, satisfeito em ver que o paciente está dormindo.

– Veja como seu marido está tranquilo.

– Como tranquilo? Ele está anestesiado. É lógico que só pode aparentar tranquilidade. Mas veja como está abatido, mais magro. Roberto, fale comigo. Sou eu, Débora. Fale comigo.

– Venha até a minha sala, dona Débora e vamos telefonar para seus cunhados e pedir-lhes que venham até aqui para resolvermos isso.

– Roberto, fale comigo.

– Ele não vai falar, minha senhora, a não ser daqui a horas. Venha, por favor.

Débora levanta-se e acompanha o médico, após beijar o rosto do marido.

– Eu volto, amor. Volto e vou tirá-lo daqui.

***

Algumas horas depois, estão todos reunidos na sala do doutor Frederico: Débora, Ciro e Luís Alberto.

– Já disse que quero tirá-lo daqui!

– Mas por que, Débora? O que há com você? – pergunta Ciro, delicadamente.

– Tenho meus motivos e ele é meu marido.

– Por favor, Débora – pede-lhe Luís Alberto. - Acho que você está nervosa... sei lá... talvez, esgotada... quem sabe, um esgotamento nervoso – olha para os presentes que o aprovam com um menear positivo de cabeça, o que Débora percebe. – Talvez você necessite de algum tratamento. Algum tipo de calmante...

– Raciocine um pouco, Débora – fala Ciro. – Não temos lugar melhor para levá-lo e ele não está em condições de ir para casa, pelo menos por enquanto. Você ouviu o relato do doutor sobre como Roberto agiu hoje.

– Tenha um pouco mais de paciência e, logo, poderá vir visitá-lo sempre que quiser – argumenta doutor Frederico, tentando colocar um fim naquela questão, pois isso nunca havia acontecido e quer preservar o seu bom nome. Nunca um familiar quis retirar um paciente de sua clínica.

Débora fica, por alguns segundos, pensativa e, enfim, concorda com a opinião de todos e diz que, dentro de quinze dias, começará a vir ter com Roberto, todas as tardes. Faz isso porque percebe que estão começando a achar que ela está ficando fora de si e, porque não dizer, doida? Se continuar com esta polêmica que, obviamente, não vai levar a nada, talvez o médico e até mesmo seus cunhados achem que ela também deva ser internada para acalmar-se e isso não ajudaria em nada o seu marido. Terá de agir de maneira diferente e com inteligência.

O doutor Frederico, apesar de não aprovar a ideia das visitas, finge concordar, deixando qualquer argumentação para o futuro.

– Ainda bem que tudo está resolvido – afirma Luís Roberto.

– Bem... vamos aguardar os acontecimentos e

esperar que Roberto melhore realmente – diz Ciro, sem muita convicção, olhando, seriamente, para o doutor Frederico.

– Fiquem tranquilos, Roberto está tendo o melhor e mais avançado tratamento – argumenta o médico.

Saem todos da clínica, acompanhados pelo médico. Cada um apanha seu carro e saem em fila pelo portão que lhes é aberto, eletronicamente, pelo guarda, localizado numa guarita da entrada.

XI

A reunião

São dezenove horas, quando dois enfermeiros entram no quarto.

– O que é? – pergunta Roberto.

– Apenas mais uma injeção, moço.

– Por quê? Não é preciso. Estou calmo.

– São ordens médicas.

– Eu vou dormir. Estou cansado. Não é preciso mais medicamentos.

– Infelizmente, temos de aplicar-lhe a injeção e não se preocupe. Esta é mais fraca que as outras.

Roberto percebe que não adianta discutir e permite que lhe apliquem a droga.

– Você trouxe o aparelho de aferir a pressão, Antônio?

– Esqueci, mas já vou buscar.

– Bem, eu vou para o outro quarto.

– Pode ir. Vou buscar o aparelho e já volto.

Os dois enfermeiros saem e deixam a porta aberta, apagando a luz do quarto. Roberto fecha os olhos e fica aguardando a volta do enfermeiro. De repente, ouve uma voz que o chama.

– Roberto... Roberto...

– Quem está me chamando? – pergunta.

– Roberto...

Um estremecimento lhe percorre o corpo. Parece ser a voz de Débora que o chama. Dá um pulo da cama e corre para a porta. Olha para o corredor, mas nesse mesmo instante, as luzes se apagam e a voz o chama um tanto mais à frente. Quase sem enxergar, vai ao seu encalço. Quando está defronte da porta da sala, onde recebia choques, a mesma voz o chama, lá de dentro. Força o trinco da porta e esta se abre. Está tudo escuro. Então, as luzes do corredor se acendem e vê que os dois enfermeiros estão saindo do seu quarto, no outro extremo do corredor.

– Acho que foi ele quem apagou as luzes – diz um deles.

– Temos de encontrá-lo! – complementa o outro.

– Roberto... – ouve, novamente, a voz que o chama de dentro da sala.

Roberto entra, aciona o interruptor perto da porta e fecha-a. A luz se acende.

– Roberto... – continua a voz, agora vindo de dentro de um grande armário, localizado na parede oposta à mesa de reuniões. Dirige-se até lá e abre uma das portas, vendo, apenas, instrumentos e aparelhos. Abre a outra e encontra muitos livros. Ao abrir a terceira, que está vazia e não possui prateleiras, percebe que a porta da sala é aberta pelos enfermeiros. Entra, rapidamente, dentro do armário e encosta a porta para não ser descoberto, pois, ainda quer descobrir que voz estranha é aquela que o chama. O medicamento já está começando a fazer efeito e Roberto começa a sentir-se sonolento e com a visão turva. Nota que os enfermeiros estão ali dentro da sala, discutindo sobre o seu paradeiro e deixa-se escorregar até sentar-se no chão do armário, adormecendo quase que em seguida. Ainda percebe a preocupação dos enfermeiros em tentar encontrá-lo antes que o doutor Frederico fique sabendo da negligência deles em ter deixado a porta do quarto aberta.

O tempo passa e três horas depois, Roberto acorda dentro do armário e ouve vozes na sala. Abre, lentamente, a porta e quase não acredita no que vê. A sala está iluminada apenas com uma fraca luz e dez pessoas ocupam a grande mesa, tendo, ao centro, dona Laura. Reconhece, também, o enfermeiro Reinaldo e um enfermeiro da clínica, com o qual dona Laura conversa. As outras pessoas nunca as viu: três mulheres e quatro homens, que Roberto imagina serem funcionários do Lar de idosos.

Percebe que parece ser a primeira vez que aquele enfermeiro toma parte naquele tipo de reunião, pois dona Laura o apresenta aos demais, observando que ele já deve ter estudado e aprendido bastante sobre a Doutrina Espírita e que já se encontra preparado para começar a aprender na prática. Roberto entende que farão, ali, uma reunião mediúnica, como dona Laura lhe havia explicado.

Dona Laura continua as apresentações:

– Plínio, estes quatro senhores, Miguel, Amélio, Duarte e Almeida são funcionários do Lar, assim como, dona Carmem, dona Hermínia e dona Iolanda. Faremos uma prece de abertura e começaremos nossos trabalhos. Não se preocupe e não tenha medo, pois aqui teremos grande proteção do Alto, através de Espíritos Superiores que, na verdade, são quem dirigem e realizam este trabalho. Somos, apenas, instrumentos em suas mãos. Cerre os olhos e deixe que tudo aconteça, normalmente. Se vir algo, não se assuste e peço-lhe que nos transmita o que estiver vendo. Não se preocupe também, pois não seremos importunados. Eu tranquei todas as portas e somente o doutor Frederico tem a outra chave e, como você sabe, esta sala é à prova de som. Podemos começar?

– Vamos em frente – responde Plínio.

– Dona Iolanda, por favor, faça a prece de abertura.

A mulher agradece a Deus a oportunidade do trabalho e roga auxílio dos Espíritos Superiores para que o trabalho transcorra da melhor maneira possível, atingindo o fim almejado que é o de converter e auxiliar almas perversas, porém, tão sofredoras. Terminada a prece, permanece o silêncio por alguns minutos.

– Plínio, está vendo alguma coisa? – pergunta-lhe dona Laura.

– Não sei... parece-me que vejo esta sala, mesmo, com os olhos fechados, só que... interessante... ela parece não ter paredes. É como se estivéssemos sentados à mesa, porém, o resto é escuridão. Não vejo limites. Espere... estou vendo alguma coisa brilhante... sim... vejo como que um cordão luminoso horizontal, a uma altura de um metro, mais ou menos, do chão e a uma distância de, aproximadamente, uns cinco metros e que nos cerca por todos os lados, como se fosse um círculo rodeando-nos.

– Eu, também, o vejo. Mas... você não vê pessoas do lado de dentro desse cordão que nos cerca?

– ?

– Esse cordão luminoso, Plínio, é como que uma barreira magnética que os Espíritos Superiores utilizam para nos proteger e impor disciplina ao trabalho. Faça o seguinte: preste atenção no cordão, mas sem forçar muito a visão. Olhe, simplesmente.

– Agora estou vendo... deixe-me definir bem... não do lado de cá, mas do lado de fora do cordão. Lá, ao longe... vejo vultos aproximando-se. Estão, cada vez, mais perto e parecem estar nos ameaçando, pelos gestos que fazem, ao mesmo tempo em que gritam alguma coisa, apesar de não poder ouvi-los... Meu Deus!!!

– O que foi?

Nesse instante, Roberto também começa a ver o mesmo que Plínio: o cordão luminoso e os Espíritos que se aproximam, e tem o mesmo sobressalto.

– Como são horríveis! Uns se apresentam como verdadeiros monstros como os que já me apareceram, outros tantos, são como que cadáveres em estado de putrefação... Estou começando a sentir um grande medo, dona Laura.

– Nada tema, meu filho. Confie em Deus.

– Chegaram até o cordão luminoso e não conseguem ultrapassá-lo. Ficam furiosos.

– Graças a Deus, Plínio. Como lhe disse, estamos protegidos.

– Ah, sim! Agora vejo... meu Deus, que maravilhoso... Estou vendo pessoas normais e até bonitas, vestidas de branco, do lado de cá da barreira. Não consigo ver muito bem seus rostos pois são muito luminosos. Parecem feitas de luz. Graças a Deus, estou vendo algo lindíssimo, que me deixa muito emocionado. A senhora tem razão , dona Laura. Devem ser Espíritos Superiores.

Roberto também sente uma forte emoção ao ver aquelas figuras maravilhosas, de aparência tão tranquila, e a grande segurança que transmitem.

– São Espíritos Superiores, Plínio e, de hoje em diante, quando tiver visões horríveis, peça auxílio a eles e, mesmo que não os veja, tenha a certeza absoluta de que eles estarão ao seu lado, ajudando-o, e nada tema.

– Espere... agora, deixam um daqueles seres horríveis passar para o lado de cá do cordão, apesar de os outros tentarem impedi-lo. Tentam segurá-lo, mas não conseguem. Ele também protesta e os Espíritos de Luz trazem-no, facilmente, num grande abraço que lhe dão. Ele parece não vê-los e parece não conseguir entender que força estranha é essa que o força vir até nós. Isso é o que me parece.

– Você tem toda razão, Plínio. É isso mesmo o que ocorre.

– Localizam-no atrás de dona Iolanda.

– Já o percebo – diz a senhora.

– Dê passividade, Iolanda – pede dona Laura –, para que ele fale conosco, por seu intermédio e, possamos conversar com ele.

– Como é horrível! – sussurra Plínio para dona Laura, ao vê-lo mais de perto. – Parece um corpo em decomposição, com parte dos ossos e das vísceras à vista e todos esses vermes... Meu Deus!

– Devemos olhá-lo com piedade e com amor, Plínio. Ele sofre muito com isso. É um Espírito que, de tão apegado à matéria, sofre, no perispírito, a decomposição do próprio corpo, pois ainda está muito ligado, mentalmente, a ele.

– Inacreditável! – torna a sussurrar Plínio. – Como isso é possível? Por que está nessa situação?

– Como você já aprendeu, por diversos motivos. Um deles, é a própria consciência pesada e culpada que não o deixa ver outras perspectivas. E os Espíritos que o dominam, fazem-no sentir cada vez mais culpado e mostram-se como pretensos juízes da Humanidade, em nome de um poder que, na verdade, não existe, a não ser na mente doentia de todos quantos estão envolvidos nisso tudo.

Nesse momento, Iolanda tem vários e seguidos estremecimentos.

– Vamos, meu irmão. Fale conosco. Queremos ajudá-lo. Venha.

Mais alguns segundos e a entidade se pronuncia, de forma violenta, fazendo com que a médium muito se esforce para não dar um soco na mesa.

– Tenha calma, meu irmão. Estamos aqui, para bem recebê-lo e ajudá-lo, em nome de Jesus.

A entidade, através dos órgãos vocais da médium, começa a rosnar, ameaçadoramente.

– Fale conosco.

– O que querem de mim?! – fala, enfim, rispidamente.

– Apenas ajudá-lo.

– Eu não quero ser ajudado por ninguém. Não pedi para ser ajudado. E não preciso. Estou muito bem.

– Como você não quer ser auxiliado? Quer continuar a viver desse jeito, por toda a eternidade?

– Quero!!!

– Você não quer. O que você tem é medo de seus algozes. Você se presta a ser um escravo. Por isso, fala que não quer ser ajudado por nós mas, no fundo, veio até aqui para isso, a convite de Jesus, em respeito à Lei de merecimento.

– Eu não vim aqui. Não sei como vim parar neste local que nem conheço. Não conheço vocês.

– O que o trouxe, até nós, foi a sua vontade de ser auxiliado, a sua vontade de mudar essa sua vida de sofrimento. A sua parte boa está falando mais alto.

– Não quero mudar nada. Estou muito bem, assim. Estou muito bem.

– Como está bem? Com a aparência, para você real, de todos esses bichos a lhe comerem a carne? A lhe comerem as entranhas?

– Não fale mais nada. Só sei que não quero nada de vocês, que nem sei quem são. E preciso ir embora. Tenho um trabalho a fazer.

– Trabalho? Que trabalho? O de fazer o mal a pessoas que você nem ao menos conhece?

– E o que vocês têm com isso? Metam-se com suas próprias vidas e me deixem em paz! Eu vou embora!

– Não, meu irmão, você não vai, em nome do Divino Mestre.

– Quem você pensa que é, hein?! Você não conhece o meu poder. Não sabe que posso prejudicá-la e a todos os outros?

– Você não pode mais nada, meu irmão. Veja que nem se mexer está podendo mais.

Nesse momento, Roberto percebe que Espíritos Superiores o imobilizam, porém, o Espírito comunicante não os vê.

– O que está acontecendo? Quem está me segurando? O que estão fazendo? Preciso ir e completar o meu trabalho.

– Como lhe disse, meu irmão, você não vai mais a lugar algum. Você está aí preso e somente consegue ainda falar porque os Espíritos Superiores o permitem.

– Que Espíritos Superiores? Não estou vendo ninguém. Só vejo e ouço minha turma, lá atrás, e quero voltar para o meio dela.

– Você não quer voltar mais, meu irmão. Reconheça isso. O que você tem é medo deles. Medo de dizer-nos que seu coração não aguenta mais fazer o mal e quer mudar. Está cansado de toda essa vida de maldades e de sofrimentos.

– Eu não tenho medo deles. São meus amigos.

– Amigos? Amigos que o deixam nesta situação?

– Não quero falar sobre isso.

– Meu irmão, escute mais uma vez: você não precisa temer nada. Aqui, conosco, você está em segurança. Se quiser ser auxiliado, basta dizer-nos, do fundo de seu coração e deixe que o ajudemos. Ninguém irá persegui-lo. Você está vendo que eles não conseguem passar para o lado de cá daquele cordão luminoso. Que poder eles têm? Nenhum, diante da bondade de Deus, da bondade de Cristo e de Seus emissários.

Roberto percebe que a entidade já não está mais tão agressiva e que parece interessar-se pela ajuda que lhe é oferecida. Olha para trás e não sabe o que dizer.

– Ao invés de olhar para eles, irmão, preste atenção no que vamos lhe propor. Não se importe com eles que agora fazem parte apenas de um passado. Liberte-se dessa tortura e do mal que pratica. Você vê esta porta de luz que se abre ao seu lado?

Nesse momento, Roberto fica mais deslumbrado ainda com o que vê. Uma porta se abre do nada ao lado do Espírito e a luz que se irradia do interior dessa passagem é intensa. O Espírito volta-se para ela e fica extático.

– Vamos, meu irmão, atravesse-a, em nome do Divino Amigo. Do outro lado, encontrará Espíritos fraternos que irão ajudá-lo, sem nada lhe cobrar. Sua própria consciência, um dia, lhe dirá como fazer para resgatar tudo o que fez de mal. Não tenha medo. É o melhor para você. Aproveite esta oportunidade. Outra não terá tão breve, pois existem muitos Espíritos, como você, para serem auxiliados.

– Eu não sei... – responde, indeciso e, apontando, sem olhar para trás, pergunta: – E eles?

– Não se preocupe. Todos terão, algum dia, esta oportunidade, e nada tema. Eles não poderão fazer nada contra você. E então?

– Eu quero, mas... não encontro forças.

Roberto vê, então, que o Espírito de uma senhora de idade começa a surgir, cada vez mais nítida, na claridade da porta.

– Meu irmão, alguém que você conhece muito bem vai ajudá-lo a ter forças para transpor esse limiar. Olhe bem para a porta e verá alguém acenando.

– Não vejo ninguém...

– Meus irmãos, vamos nos concentrar nos olhos desse nosso amigo e rogar a Jesus para que ele possa vislumbrar essa criatura boníssima que o quer ajudar. Façamos uma prece... Jesus, bom e amado amigo de todas as horas, permita que esse nosso irmão que, há muito tempo, vem almejando, no seu íntimo, uma oportunidade como esta, possa enxergar este ser maravilhoso que se apresenta à sua frente e...

– Não!!! – grita o Espírito, interrompendo a oração. – É minha mãe! É mamãe! Não quero que ela me veja neste estado deplorável.

Nisso, todo o quadro se modifica, geograficamente. A porta de luz faz um giro de noventa graus, localizando-se entre o Espírito sofredor e dona Laura. O infeliz gira novamente com toda a cena. Aí, o Espírito da genitora fala, comovidamente, por intermédio de dona Laura.

– Meu filho... Há quanto tempo espero por esta oportunidade. Não a despreze, agora. Não me impressiona o estado em que se encontra. Amo-o muito e quero ajudá-lo. Venha. Atravesse esta passagem e deixe que eu o tenha em meus braços, para aliviá-lo de todas as suas dores. Venha, meu filho. Faça um esforço. Pense em Jesus e venha. Deus é grande! Pai de Misericórdia Infinita!

– Eu vou, mamãe, e perdoe-me. Eu vou.

Dizendo isso, atravessa a porta. Então, toda cena desaparece, ficando visível somente o cordão de isolamento e a turba a contestar, ameaçadoramente.

– Graças a Deus – exclama dona Laura. – Obrigada Jesus. Obrigada, amigos espirituais. Que esse nosso irmão consiga redimir-se, entendendo que a verdadeira felicidade consiste na constante prática do bem.

Roberto encontra-se fortemente emocionado com o que vê e ouve.

– Era a mãezinha dele? – pergunta Plínio baixinho, à dona Laura.

– Sim. Sua mãe já é um Espírito bastante evoluído e faz anos que vem tentando fazer o desditoso filho voltar seu pensamento para o Bem, para o arrependimento e para a humildade. Apesar de viver em planos superiores, ela obteve permissão para acompanhar o filho nesse plano inferior em que ele vive, para auxiliá-lo com sua intuição. Levou tempo, sofreu bastante, vendo-o praticar o mal, sem conseguir o resultado que desejava e, ainda por cima, enfrentando o peso da densidade desse plano.

– E o que ele fazia?

– Quando desencarnou, talvez, por ter uma consciência muito pesada, em virtude de sua vida desregrada, aqui na Terra, somente encontrou Espíritos afins que o aprisionaram e fizeram com que ele trabalhasse para eles, fazendo mal a Espíritos encarnados. E se ele não o fizesse, seria duramente castigado. Atualmente, ele obsidiava um de nossos pacientes da clínica, fazendo-o sentir-se mal e ter o que, costumeiramente, é confundido com ataque epiléptico.

– E agora que ele se encontrou com sua mãe, e foi por ela levado, o paciente vai sarar de seus ataques?

– Provavelmente, sim, já que a causa desses ataques foi afastada.

– E por que obrigavam essa entidade a causar essa perturbação ao paciente?

– Bem... isso já é um pouco difícil de responder. O que eu poderia dizer-lhe é que deveria haver algum interesse de vingança por parte de algum outro Espírito, ligado a essas organizações.

– E não poderão voltar à carga?

– É por isso que também deve ser feito um trabalho de doutrinação junto ao obsidiado para que ele mantenha boas vibrações de amor e não se deixe mais envolver por outras entidades.

– Voltando à mãe do obsessor, por que os outros não a expulsavam, por ela querer ajudar o filho?

– Eles não conseguiam vê-la. Seu filho conseguiu visualizá-la por ter tido a vontade de modificar algo dentro de si, por sentir arrependimento do que fazia. Diga-me uma coisa, Plínio: que sentiu por esse Espírito?

– Bem... no início, bastante medo e nojo, evidentemente; porém, no transcorrer da comunicação, passei a sentir muita pena dele e um intenso desejo de que ele, realmente, se libertasse do sofrimento por que passava.

– Vou lhe dizer algo muito importante: à medida que você passar a sentir bastante carinho e amor por esses nossos infelizes irmãos e tiver somente o pensamento de ajudá-los com suas vibrações de amor, tudo passará a ser mais fácil para você, no que diz respeito à sua mediunidade e ao trabalho que terá de desenvolver nesse mister.

– Estou entendendo...

Nesse momento, a outra entidade é permitida a comunicação, desta feita, através de Miguel. Roberto assusta-se com o Espírito que deve medir, aproximadamente, mais de dois metros de altura e que aparenta bastante força. Veste-se totalmente com uma espécie de malha preta, colada à pele. Suas mãos estão cobertas por luvas e poderosos músculos sobressaem-se por debaixo da roupa. Não aparece o rosto, pois usa uma máscara do mesmo tecido, sendo que no lugar dos olhos, apenas dois buracos vazios. Traz, na mão direita, enorme machado, sujo de sangue.

– Você está vendo, Plínio?

– Sim. É grande, forte e vestido de preto.

– Está sentindo, Miguel?

– Sim, dona Laura.

– Meus irmãos, vamos rogar a Jesus que nos ampare. Que esse nosso querido irmão possa sentir a vibração de amor ao próximo que lhe endereçamos e que se dobre ante a magnitude do Universo, para poder ser auxiliado.

Nessa hora, um Espírito Superior posiciona-se bem próximo de dona Laura, enquanto que, diversos outros, aplicam passes sobre a entidade que vai comunicar-se.

A respiração de Miguel torna-se cansada, ofegante e ruidosa.

– Deus nos ajude – pede ele antes de entrar em contato mediúnico com o infeliz. Mais alguns segundos e a comunicação começa a ocorrer.

– Quem é querido irmão?!!! – grita. – Quem?!

Eu?! Eu não sou querido, nem irmão de vocês! Só vim aqui para avisá-los de que não devem meter-se mais com os meus escravos ou vingar-me-ei em todos vocês. Para onde o levaram?! Tragam-no de volta ou irão se arrepender! Vamos, mulher, diga-me. Eu lhe ordeno!

– Acalme-se, amigo. Em primeiro lugar, ninguém levou seu escravo à força. Foi ele quem escolheu o caminho do bem.

– Como não o levaram à força? Vi muito bem como o trouxeram até aqui.

– O irmão está equivocado. Há algum tempo ele já sentia essa vontade de voltar-se para o bem e sair desse mundo horrível que vocês lhe impunham. Ele não veio à força. Apenas veio até aqui, protegido pelos Espíritos de Luz. E se você quer saber mais, pode ter certeza de que todos esses infelizes que você chama de escravos, mais cedo ou mais tarde, entrarão na vibração do Bem e para aqui virão. Está chegando o momento em que você ficará sozinho.

– Ora, cale-se! Não sabe o que está dizendo.

– Não? Pois pode ter certeza. E agora que presenciaram a libertação de um dos seus, já viram que existe uma saída e que essa saída é o Bem. É Jesus. É Amor.

– Chega de conversa fiada, mulher. Traga meu escravo de volta ou farei um estrago aqui.

– Não posso fazer isso e pode estar certo de que não fará estrago algum.

– Você pensa que conseguirá prender-me como fez com aquele miserável?

– Sim, mas, não acho que será necessário. Você não fará nada, pois, assim como aquele que chama de escravo, veio até aqui para nos ouvir e agarrar-se a alguma oportunidade, também. Na verdade você é um escravo, assim como todos eles.

– Eu, escravo?! Ah! Ah! Ah! Não sou escravo de ninguém! Sou a força. Tenho poderes.

– Não é escravo? Se você não fizer esse serviço torpe, o que lhe acontecerá, hein? Não será punido por seus superiores? Vamos, diga-me. Fale alto que não é escravo, que não tem superiores.

– ?

– O que foi? Está com medo? Eles lhe castigariam, não é? Mas não tenha medo, meu irmão. Assim como aquele infeliz, você também está seguro entre nós. Está seguro entre os Espíritos de Luz que querem auxiliá-lo.

– Não. Preciso voltar para o lugar onde estava. Não quero mais ficar aqui.

– Você não quer mais o seu escravo de volta?

Nesse momento, Roberto percebe que um halo de cor marrom pardacenta que envolve o Espírito comunicante, aumenta de intensidade, quando, do outro lado do cordão de luz, surge uma espécie de fumaça da mesma cor, e a fala do Espírito, que já estava começando a ceder de intensidade sonora, diante dos argumentos de dona Laura, volta a ter o vigor e a maldade do início da comunicação e ele grita:

– Não! Não o quero mais! Foi um fraco! Vou voltar para os meus domínios e castigar meus escravos para que esqueçam o que viram. Vou amedrontá-los tanto que você nunca mais trará nenhum para cá. Vou-me embora.

– Não se deixe dominar por essas forças do mal

que lhe são endereçadas por aqueles que você julga seus superiores e que são inteligências perversas. Lembre-se de que você é também um convidado de Jesus! Chega de sofrimento, meu irmão. Você, a cada momento que passa, está se distanciando mais do Bem, da felicidade, da paz que você não tem há muito tempo. Está cansado de tudo isso, mas tem medo de seus algozes, pois é um escravo do terror. Lute contra isso, meu irmão. Há quanto tempo você não tem um segundo sequer de descanso, de sossego? Só maldade. Maldade da qual já está extenuado. No fundo, não quer mais isso. Você almeja uma nova vida, mas não tem coragem e acha que ninguém se importa com você e que não irão lhe dar uma oportunidade. Essa oportunidade é agora, meu irmão. Aproveite-a. Espíritos Superiores querem ajudá-lo. Ninguém o acusa. Querem ensinar-lhe a verdade sobre as coisas da vida, num lugar calmo, tranquilo e, um dia, saberá o que fazer, através de sua própria vontade, de sua própria consciência. Sem medo, sem punições. Vamos, meu irmão, aproveite esta oportunidade. Abra seu coração. Pronuncie comigo estas palavras: "renovação com Jesus!"

O Espírito abaixa a cabeça e o halo marrom aumenta e diminui de intensidade. Percebe-se verdadeiro duelo entre o Bem e o Mal naquele momento, e a batalha está sendo travada dentro da vontade, da consciência daquele ser infeliz.

– Eu não sei...

– Você sabe, sim, meu irmão. Você quer ser auxiliado, mas tem medo. Responda-me uma coisa: quem você é? Saberia dizer-nos?

– ?

– Retorne seu pensamento para o passado. Procure lembrar-se de quando era criança. Procure lembrar-se de sua mãe. Vamos, faça um pequeno esforço. Nós todos vamos ajudá-lo. Meus irmãos, vamos rogar a Jesus e aos nossos amigos espirituais para que auxiliem esse nosso irmão sofredor a reativar sua memória, que lhe tiraram há muito tempo, para que ele possa lembrar-se dos momentos puros de sua infância e que vibre com a recordação do amor de seus familiares ou amigos, fazendo com que, novamente, pulsações sublimes encham o seu coração.

Roberto percebe que, desde o começo da comunicação até aquele momento, a imagem do Espírito vinha se modificando. Já não possui mais aquele tamanho, passando a contar, agora, com um pouco mais de um metro e sessenta centímetros de altura e não possui mais uma musculatura exuberante, mas, sim, um corpo normal.

Alguns minutos se passam em silêncio até que a entidade começa a soluçar e chora copiosamente.

– Chore, irmão. As lágrimas irão lhe fazer muito bem. Elas farão com que você limpe a mente de toda a maldade que lhe impuseram, e a humildade tomará o seu lugar. Lembrou-se de quem você é, realmente, não? Não é o que imagina e aparenta ser. Você é você mesmo, com sentimentos de amor, de culpa, de remorsos; esse é você. E não se esqueça de que você está entre amigos que querem auxiliá-lo e totalmente protegido de seus algozes.

Passam-se mais outros minutos, nos quais o Espírito continua a chorar.

– E, então, meu amigo? Você quer ser ajudado?

– Sim... – balbucia, em resposta.

– Já está vendo a passagem de luz?

– Estou...

– O que espera?

– E os outros? – pergunta, referindo-se aos tantos Espíritos que lhe são escravos.

– Não se preocupe. Sem o seu jugo, eles irão também. Vai, amigo. Não perca esta oportunidade. Diga "renovação com Jesus" e ultrapasse essa porta.

O Espírito olha para dona Laura, com lágrimas nos olhos, e fala, ainda envergonhado:

– Renovação com Jesus!

Ultrapassa, então, o portal que o levará a uma nova vida de oportunidades e de aprendizado no Bem.

Após alguns segundos, dona Laura elucida a Plínio:

– Esse Espírito que acabou de se comunicar era quem tinha a incumbência de fazer com que os outros, escravizados, realizassem trabalhos a mando de outras entidades que se devotam ao mal, aparentemente superiores a ele, devido ao grande poder hipnótico delas.

– Pelo que entendi, ele veio até nós para reclamar sobre aquele Espírito que se comunicou antes e que se libertou de seu jugo?

– Sim, porém, como você pôde observar, ele mesmo, no fundo de seu coração, já estava cansado de tantas maldades e também queria libertar-se de seus algozes.

– Sim...

Após alguns minutos de silêncio, nos quais dona Laura pede a todos que fiquem orando pelo bem de todas as entidades sofredoras, Plínio pergunta-lhe, apontando para a turba:

– Dona Laura, por que todos aqueles Espíritos vêm até aqui e ficam nos ameaçando?

– Porque as entidades que são verdadeiros ditadores dessa região, onde o mal impera, e que ditam as normas e escravizam a todos, os obrigam a nos perturbar e amedrontar com a intenção de que paremos com este trabalho de auxílio. Muitos Espíritos que ali estão a vociferar contra nós, na verdade, gostariam de ser auxiliados, porém, fazem o que fazem para que esses seus desejos íntimos não sejam descobertos e, por consequência, não sejam castigados por isso.

– E por que não vêm ter conosco?

– Porque ainda não perceberam que precisam direcionar, um pouco mais, a mente rumo ao Bem, ao arrependimento sincero, sem o que não conseguem ultrapassar a barreira e, mesmo que o fizessem, de nada lhes adiantaria o auxílio. Um dia, seus corações encher-se-ão de humildade, arrependimento e aí, então, estarão prontos para a oportunidade.

– Entendo...

– Para tudo tem a hora certa, Plínio. Em nada, a precipitação traz benefícios.

– Dona Laura, – interrompe Reinaldo – a senhora está vendo esse Espírito desesperado, andando de um lado para outro, sem parar?

– Sim. Deve estar sofrendo muito, pois estou tendo a intuição de que ele é um suicida. Veja o buraco em seu crânio. Está vendo, Plínio?

– Sim, dona Laura. ele tem um pequeno orifício

na têmpora direita e um grande rombo do outro lado da cabeça.

Roberto também o vê. Nesse momento, Espíritos de Luz amparam-no e fazem-no aproximar-se da mesa.

– Você pode recebê-lo, Amélio?

– Vou tentar, dona Laura – concorda o médium, concentrando-se.

Em poucos minutos, a entidade, agora postada próxima a Amélio, começa a falar por seu intermédio.

– Socorro! Socorro! – pede, aflito, o Espírito do homem suicida. Almeida, doutrinador auxiliar de dona Laura, fala com ele:

– Tenha calma, irmão. Estamos aqui para ajudá--lo.

– Socorram-me. Não aguento mais tanta dor na minha cabeça. Ela está muito ferida. Socorro! Acudam--me. Levem-me para um hospital.

– Peço-lhe calma, mais uma vez, amigo. Preste atenção.

– Acudam-me.

– Preste atenção, irmão... olhe bem para o ambiente que o cerca, para as pessoas que estão aqui, sentadas. Você nos conhece?

– Não. Não os conheço, mas, por favor, acudam--me. Preciso ir para um hospital. Estou sangrando e esta dor está me matando. Se vocês não me socorrerem, sei que vou morrer.

– Morrer, meu irmão? A morte não existe. Ninguém morre. Você pensou em pôr fim aos seus problemas, tentando suicidar-se, não é mesmo?

– Como você sabe? Acudam-me! Por favor.

– Meu amigo, tudo o que você está sofrendo é consequência do que você próprio provocou. Mas, se quiser, poderemos ajudá-lo.

– Oh, por favor, ajudem-me. Levem-me para um hospital.

– Meu irmão, vou insistir, mais uma vez, com você. Preste bem atenção onde você se encontra.

– Ahn?! Como?! Meu Deus, não sou eu quem fala a vocês, mas essa pessoa aí, sentada. Tudo o que quero falar, ela fala por mim. Meu Deus... sinto-me como se estivesse usando sua boca para falar.

– Meu amigo, você acha que o tiro que disparou contra você mesmo, o deixaria vivo, neste nosso lado?

– Como assim...? Realmente, o tiro foi muito forte e ninguém poderia sair com vida e... ei, o que você está querendo dizer-me?

– O que você já está começando a desconfiar.

– Ai, minha cabeça...

– Não pense mais em sua cabeça, meu irmão. Ela será tratada, logo, logo.

– Você disse... o que eu já estou começando a desconfiar...

– Sim.

– E o que é?

– Fale você, meu irmão. Não tenha medo de assumir a realidade. Na verdade a morte não existe. É apenas uma passagem de um plano para outro.

– Como...?!

– É que você já ultrapassou essa passagem. Entendeu?

– Você quer dizer que eu morri?

– Eu não disse isso, pois a morte não existe. Digamos que você abandonou seu corpo carnal e agora está desse lado, sofrendo as consequências desse seu ato impensado. Ninguém tem o direito de tirar a vida de ninguém e, muito menos, a própria.

– Eu bem que já estava meio desconfiado. Passei um bom tempo na escuridão, com esta minha dor. Mas eu achava que tudo não passava de um sonho mau, de um pesadelo e esperava poder acordar. Depois, comecei a enxergar um pouco e preferia não ter recomeçado a ver, pois tudo me pareceu muito estranho. Queria voltar para minha casa e não conseguia. Mas já estou entendendo tudo.

– Já, não é, meu irmão? Graças à Divina Providência!

– Sim, mas preciso de ajuda, pois esta dor que sinto é insuportável.

– Pois, então, nós vamos rogar a Jesus que permita que Seus emissários o auxiliem, fazendo-o adormecer, pois deve estar muito cansado, por todo esse tempo em agonia.

– Sim...

Então, Espíritos de Luz aplicam passes sobre a entidade para que esta adormeça. Logo após, carinhosa e cuidadosamente, outros Espíritos carregam-no e o levam, desaparecendo, assim como haviam chegado.

– Ele vai ficar adormecido por quanto tempo, dona Laura? – pergunta-lhe Plínio.

– Talvez, dentro de algumas semanas, ele volte mais restabelecido para seguir de perto o desenrolar dos trabalhos, ajudando-se com o amparo de Jesus. Veja você que quando ele deu um tiro na própria cabeça, seu perispírito sofreu, também, o impacto. O que causamos ao nosso corpo é absorvido pelo nosso perispírito que sofre a mesma consequência. Não só no caso de suicídios, como você viu aqui, como também, prejuízos outros como o dos vícios e da vida desregrada que tenhamos. Levamos conosco, após a desencarnação, todo o bem e todo o mal que causamos, não só a nós próprios como aos nossos semelhantes. E isso tudo é refletido em nosso perispírito, que tem de ser recomposto e curado nesse outro lado da vida.

– Ele precisará ir para um hospital, do outro lado?

– Sem dúvida alguma. E quero ressaltar que não somente ele, mas todos os que passam para o outro plano com graves problemas no perispírito, por males cometidos a si próprio e ao próximo.

– Dona Laura, – interrompe Reinaldo, mostrando um pequeno pedaço de papel –, solicito vibrações para o senhor Francisco, morador deste endereço aqui, que está passando por muito sofrimento, vítima de terrível obsessão.

– Você o conhece, Reinaldo?

– Sim. Estive em sua casa, no fim de semana, e ele está muito doente. Apesar de contar com apenas quarenta e oito anos, parece ter a pouca energia e a disposição de um velho de mais de noventa anos. Não consegue mais levantar-se da cama, não sente apetite e diz não ver mais sentido na vida que leva. Percebi uma entidade a sugar-lhe as forças, ininterruptamente. Pelo que pude deduzir, através de intuição dos Espíritos que querem auxiliá-lo, trata-se de um caso de vingança e que, quando a entidade vingadora o encontrou e dele se aproximou, ele, inconscientemente, logicamente sem lembrar-se de sua vida passada, imantou-a a si próprio, movido pela vibração latente que um dia, os uniu.

— Mentalize-o, Reinaldo, enquanto rogamos aos emissários de Jesus para que essa entidade possa ser encaminhada para tratamento.

Em pouco tempo, disforme criatura é trazida por Espíritos de Luz e colocada ao lado do próprio Reinaldo para a comunicação.

— Já o estou vendo e sentindo, dona Laura.

— Também o vejo. Dê passividade.

A figura é, realmente, impressionante. Possui cabeça enorme, sem cabelos, e órgãos da face espalhados de maneira horrível. Todo o corpo lembra uma bola lisa e impregnada por um tipo de visgo, e seus membros superiores e inferiores são pequenos demais, como se fossem apenas apêndices.

— Por que me tiraram de lá? Quero voltar. Lá é o meu lugar. Não posso parar agora, por nenhum minuto. Não quero que ele se recupere. Já estou quase conseguindo trazê-lo para este meu mundo. Levei anos e anos para encontrá-lo. Quero-o do lado de cá para que eu possa vingar-me daquele verme. Quero voltar! Preciso voltar! Eu vou voltar!

— Tenha calma. Vamos conversar.

— Não quero conversar com ninguém. O que estou fazendo aqui? Quem me trouxe? Eu não pedi para vir para cá. Não quero sair de lá! Vou voltar! Não posso perder tempo. Estou quase conseguindo. Vou, de qualquer forma, trazê-lo para cá. Vou vingar-me. Deixem-me ir.

– Torno a lhe pedir calma. Como você mesmo percebeu, existe uma força que fez com que saísse do lado daquele infeliz. Essa mesma força, que é a do Bem, não vai permitir que volte para onde estava. Não vai permitir que continue a fazer mal àquela pessoa. Por isso, fique calmo e ouça o que temos a lhe dizer.

– Repito: eu não posso ficar aqui. Tenho de voltar! Aquele homem precisa sofrer e pagar o que fez para mim. Se ele me matou, tenho de matá-lo também. Passei anos e anos procurando-o e agora, que o encontrei, você vem me dizer que não posso vingar-me?!

– Meu irmão, se ele fez o mal, ele terá que reparar isso, mas quem decide, quando e como, é Deus, não você.

– Deus não fez nada até agora. Por quê?

– Porque Deus quer ajudar a todos. Quando aquele homem estiver preparado para aprender com a lição, ele a terá, até por escolha própria. Se você tomar a vingança por suas próprias mãos, acabará sofrendo as consequências disso.

– Você não me convence. Pode falar a noite toda, que não vai adiantar nada. Vou voltar para lá.

– Meu irmão, perdoe-nos mas temos que impedi-lo, para o seu próprio bem. Sei que não entenderá nada, hoje. Por isso, faremos com que entre em profundo estado de sono, para que descanse um pouco. Amigos espirituais o levarão e velarão por você. Nada receie. Semana que vem, conversaremos novamente, se Deus o permitir.

– Não quero dormir. Há anos não durmo. Não vai ser agora que vou entregar-me ao sono.

– Como não? Você já está sentindo um grande torpor lhe invadir a mente e já não consegue ficar com os olhos abertos. Sono profundo... em nome de Jesus.

– Não... não quero dormir... não pos... so... dor... mir... Por fav...

Roberto, que assistira toda a cena, viu quando Espíritos de Luz aplicaram seguidos passes por sobre a entidade, um verdadeiro jato de luzes, jorrando de suas mãos, para que o infeliz obsessor dormisse. Logo após, carinhosamente, outros Espíritos carregaram-no, desaparecendo, como haviam chegado.

– Dona Laura, – pergunta Plínio – ele poderia fazer, mesmo, o que queria?

– Desencarnar a suposta vítima?

– Sim...

– Não diretamente, devido à Lei do merecimento, que favorece o obsidiado, pelo simples fato de ele já estar reencarnado, porém quando obsessor e obsidiado possuem uma ligação muito forte do passado, isso até pode ocorrer, tamanha a interação e sucção de fluido vital. Em muitos casos, o próprio obsidiado, como já lhe expliquei, por um latente complexo de culpa, acaba agarrando-se, inconscientemente, ao seu obsessor, impedindo-o mesmo de se afastar. É o caso, por exemplo, sem querer generalizar, apenas como ilustração, daquele tipo de doente que só faz reclamar e que se percebe que, na verdade, não quer mais sarar, que parece ter-se escravizado à doença.

– Sim... mas o que adianta essa entidade dormir por uma semana?

– Ela precisa desligar-se um pouco desse ódio para dar um pouco de paz para a sua vítima que, a seu turno, poderá também desligar-se do que sente e ganhar um pouco de forças para lutar contra esse estado.

– E por que ele possui essa forma que nem chega mais a lembrar uma forma humana?

– Porque, após anos e anos de tanto ódio, quando ele encontrou aquele que era a causa desse sentimento, ele se imantou tanto a essa pessoa, sugando-lhe as energias, que começou a perder a forma que possuía, tão obcecado estava com a ideia de desencarná-lo, para vingar-se. Quando acordar, ainda possuirá o mesmo desejo de vingança, de maldade, mas, já com muitos pontos de interrogação na mente, facilitando o trabalho de doutrinação e auxílio.

– Obrigado pelas explicações.

– Você está bem, Plínio?

– Sim, por quê?

– Está na hora de encerrarmos o nosso trabalho.

– E os outros médiuns?

– Nem todos são médiuns de comunicação, mas são importantíssimos, pois, doam energia que os Espíritos Superiores utilizam para criar quadros mentais para os comunicantes e, até mesmo, utilizam essa energia para poder controlá-los. Você, quando teve sentimentos de pesar e de amor ao próximo, na esperança de auxílio a eles, doou bastante dessa energia.

Dona Laura permanece por alguns momentos em silêncio, até que Roberto percebe que a visão das entidades e do cordão de isolamento desaparece. Nesse momento, ela pede a Duarte para que faça uma prece para encerrar os trabalhos, rogando aos bons Espíritos que protejam Roberto, que se encontra desaparecido. Este, bastante emocionado com a prece final e com tudo o que vira, não consegue mais se controlar e sai do armário, com os olhos cheios de lágrimas, cambaleando, um pouco por causa, ainda, do efeito do medicamento.

– Roberto! – exclama dona Laura ao vê-lo. – O que está fazendo aqui?

Este lhe explica, então, o que aconteceu e dona Laura limita-se a sorrir, despedindo-se dos demais e solicitando a todos que tomem muito cuidado ao saírem da clínica para que não sejam notados já que, naquela noite, Roberto está sendo procurado.

– E as câmeras? – pergunta Roberto.

– Não se preocupe. Pedro está de plantão das vinte e duas até as vinte e quatro horas na sala de controle, toda quarta-feira.

Por um bom tempo, continuam ali, naquele aposento, onde dona Laura explica muitas coisas a Roberto, a respeito da sessão e da doutrina Espírita.

Bastante emocionado ainda e com enorme vontade de aprender mais, Roberto faz-lhe inúmeras perguntas que lhe são respondidas com muita propriedade.

Depois, dona Laura acompanha Roberto, cautelosamente, até seu quarto e aconselha-o a dizer, quando o encontrarem, que saiu pelo corredor e não se lembra do que lhe aconteceu, nem como veio parar no quarto, novamente.

– Como a senhora consegue entrar na clínica e ir para todos os lugares e salas?

– Tenho cópias de quase todas as chaves daqui. A

propósito, você teve sorte por eu ter deixado a porta daquela sala aberta, horas antes da reunião.

– Sim...

– Outra coisa, meu filho: Ore por sua esposa, ela se encontra muito abalada com o que lhe está acontecendo.

– Pobre Débora. Ainda bem que sei que meus irmãos estão tomando conta dela.

– Bem, Roberto, agora tenho de ir.

– Quando a verei, novamente?

– Logo, logo.

– Deus lhe pague.

– Boa noite.

– Boa noite.

***

Deitado, após a reunião mediúnica, senti-me bem mais otimista em relação ao que o destino me reservava, pois percebi que poderia, com o passar do tempo, a exemplo de Plínio, controlar as minhas visões e a minha mediunidade, e voltar a ter um vida normal. Fiz até planos para quando Débora viesse visitar-me. Tentaria explicar-lhe, de maneira sucinta, o que estava acontecendo comigo e combinaria tudo com ela. Quando eu percebesse já me encontrar em condições de sair da clínica, eu a avisaria, e ela, então, retiraria a minha internação. Custei a dormir, lembrando-me do que vira e ouvira na reunião e, principalmente, da conversa que mantivera com dona Laura, até perto de meia-noite, quando ela teve de ir, antes da troca de plantão do enfermeiro Pedro, na sala de controle das câmeras.

Impressionante as revelações que dona Laura me fez sobre as organizações que existem no mundo espiritual, devotadas ao mal, lideradas por entidades que viveram neste nosso lado, há séculos, geralmente, religiosos de grande poder carismático que, acobertados pelo manto enganoso da religiosidade, cometeram atrocidades sobre seus fiéis seguidores e que se revoltaram quando da desencarnação, ao constatarem que os títulos "santos" que possuíam aqui na Terra, de nada lhe valeram na verdadeira vida que é a Espiritual. Conquistaram e comandaram verdadeiros exércitos, com graus hierárquicos, com os quais se supunham detentores do poder de punição e escravização sobre infelizes criaturas. São organizações em que se trocam trabalhos no mal por prazeres ou, então, punições atrozes sobre os desobedientes. Situam-se em camadas vibratórias inferiores, onde as ondas mentais maléficas funcionam como poder hipnótico de maneira, como já disse, hierárquica. E a interação dessas forças do mal com Espíritos encarnados é muito grande, através de médiuns que ou agem também com intuito religioso ou, muitas vezes, prestam-se a serviços desse tipo, com desconhecimento do que estão fazendo, ludibriados que são por motivos habilmente camuflados.

Também fiquei sabendo que, em contrapartida, existem outros mundos, onde o Bem impera. Dona Laura explicou-me que, após a desencarnação, o Espírito pode ser atraído para um mundo de vibrações benéficas, onde a alegria do trabalho no Bem é a tônica constante, em busca da evolução. Revelou-me que diversos planos evolutivos aí existem, dependendo do preparo do desencarnado e que, conforme o seu desprendimento em benefício do próximo, irá conquistando-os, paulatinamente. Outro detalhe é que muitas entidades desencarnadas podem passar por períodos de sofrimento pelo que a própria consciência as coloca e que, por sincero arrependimento e vontade de modificar-se, são transferidas para planos melhores, ainda aqui, próximos à crosta, onde podem aprender e trabalhar no Bem antes de, para aqui voltar em busca do resgate necessário de suas dívidas, junto àqueles, aos quais provocaram sofrimentos, ou aos quais devem perdoar ou serem perdoados. Outros tantos, precisam ser auxiliados por Espíritos encarnados, em trabalhos mediúnicos como o caso do que ocorreu na reunião da qual participei. Mais impressionado fiquei quando soube que, nesse outro lado, existem lugares para se morar, hospitais para a recuperação das entidades lesadas e doentes, a nível de perispírito que, na verdade, corresponde ao corpo do Espírito desencarnado. Muitos precisam alimentar-se, utilizar meios de transporte e que existem muitos departamentos de controle e planejamento das atividades de socorro espiritual e também dos serviços básicos de manutenção dessas verdadeiras cidades no além. Inclusive, serviços de socorro e transporte de Espíritos auxiliados, pois a passagem de um plano para outro é quase impossível sem a ajuda e orientação de Espíritos Superiores, que promovem esse tipo de trabalho.

Em suma, a verdadeira vida é a espiritual, sendo este nosso planeta Terra, assim como outros planetas do Universo infinito, locais onde os Espíritos devem interagir-se no aprendizado do Bem. Também, bastante interessantes as explicações sobre a vida em outros planetas.

Quando perguntei a ela se, um dia, quando o homem vier a chegar em outros planetas, ele encontrará seres iguais a nós, habitando-os, ela explicou-me que nem sempre, pois muitos planetas servem apenas como localização de planos vibratórios diferentes do nosso, ou seja, seus habitantes estariam vivendo em outra dimensão. E que aqui mesmo, em nossa Terra, ocorre a localização de diversos planos espirituais, com os quais nos relacionamos, mediunicamente.

Tanto os planos inferiores como os mais superiores da Terra estão ligados à mesma massa gravitacional que nos imanta, sendo planos que, apesar de vibrar em faixas diferentes, estão localizados em nosso espaço geográfico.

Mas pode o leitor imaginar que tudo estava se encaminhando bem para mim a partir, como já disse, daquele momento, após a reunião mediúnica. Grande engano, pois outros fatos estarrecedores começaram a acontecer comigo. Situações incríveis e grandes desgostos e decepções, envolvendo pessoas que nunca poderia imaginar.

Quanto teremos ainda de trabalhar para melhorar os homens e a nós mesmos! Quanto teremos de lutar para não cair na obsessão e no ardil, tramado e desenvolvido a longo prazo e com muita paciência por Espíritos que se entregam à prática do mal! Quanto de amor teremos de suscitar no coração dessas entidades desencarnadas e encarnadas para que a cobiça, a inveja, a ganância e a vingança, sejam trocadas por amizade, auxílio mútuo, perdão e amor ao próximo...

XII

Acusado

Em outro local da cidade...

– Você precisa me ajudar, Carlos. Não percebe o quanto isso é importante para mim, para minha família? Preciso descobrir onde está Matias e só esse homem deve saber.

– Mas não adianta somente encontrar o antigo sócio de seu pai. Você precisa ter provas contra ele e, pela maneira com que você me contou, ele não deixou prova alguma.

– Já lhe falei que o tal de doutor Jorge irá tentar esclarecer tudo isso e, se for necessário, poderá dar algum testemunho em benefício de meu pai, contando tudo o que aquele outro advogado, juntamente com Matias, armaram contra ele. Só preciso descobrir onde Matias está escondido com todo o dinheiro da empresa. Se conseguir reaver boa parte desse dinheiro, posso tirar a fábrica da falência, Carlos. Você entende como o que lhe peço é importante, não só para mim, como para centenas de operários que ficarão sem emprego quando pararmos as máquinas?

Os dois rapazes, ambos com dezenove anos, são grandes amigos e colegas de escola e de diversões, e Carlos não tem como negar o que lhe pede o companheiro.

– Está certo, Júnior. Eu arranjo tudo para você. Na verdade, não tenho escolha, não é? Você tem razão, mas ainda insisto que meu pai deveria ficar sabendo disso...

– Pelo amor de Deus, não. Se seu pai ficar sabendo, ele quererá agir da maneira dele e não dará certo. Preciso fazer as coisas a meu modo. Fique tranquilo. Não colocarei você em situação difícil para com seu pai. Ele não saberá que você me ajudou. Confie em mim.

– Está bem. Arranjarei cópias das chaves para você. Dê-me, apenas alguns dias.

– Alguns dias, Carlos?! Não posso esperar muito tempo para pôr as mãos naquele crápula.

– Vou fazer todo o possível. Talvez, amanhã. Mas você tem certeza de que é a única maneira? Não pensou em procurar a polícia?

– Acredite, Carlos. É a única maneira. Tudo está contra nós e, sem provas, fatalmente, poderemos ser até processados por calúnia. Tenho mesmo de encontrar Matias.

– Mas e esse doutor Jorge? Ele não pode ir à polícia?

– Ele só testemunhará quando eu lhe revelar o paradeiro do ex-sócio de meu pai e descobrir todos os bens que ele conseguiu amealhar com o roubo na empresa.

– Entendo... mas será muito difícil, Júnior, e, até mesmo, ao que me parece, perigoso.

– Estou ciente de tudo isso, mas é a única chance que eu, minha família e a empresa, temos.

***

São doze horas e quinze minutos de segunda-feira. Roberto, com os outros pacientes, estão almoçando no refeitório da clínica, quando tudo começa.

– Será que estou tendo visões, novamente, meu Deus?! – pergunta-se Roberto ao ver um rapaz adentrar, violentamente, o refeitório com uma arma na mão e dirigir-se em sua direção, enquanto um outro elemento, também armado, fica na porta.

– Ninguém se mexa e fiquem todos calados ou alguém vai sair ferido daqui! – grita, ameaçadoramente, para todos, principalmente para os enfermeiros.

Nesse momento, Roberto chega à conclusão de que não está tendo nenhuma visão, pois todos estão olhando, assustados, para o rapaz.

– Você, aí! – grita, apontando para Roberto. – Venha até aqui na frente!

– Eu? – pergunta.

– Sim! Você! Você não é Roberto, o famoso e brilhante advogado?

– Roberto sou eu.

– Sei que é você. Venha até aqui! Vamos! Rápido! – grita, enquanto corre em sua direção e o arrasta até próximo da porta, agarrando-o pelo pescoço, e encostando a arma em sua cabeça.

– O que quer de mim? – pergunta-lhe, assustado.

– Pouca coisa, seu miserável! Quero que diga onde está Matias.

– Matias? Que Matias?

– Não se faça de besta, comigo! – berra, bastante nervoso, o rapaz. – Já estou sabendo de tudo. Vamos! Diga-me! Para onde fugiu aquele ladrão?!

"– Matias... – pensa Roberto – já ouvi esse nome... Matias... sim... é cliente de Jorge..."

– Espere, moço. Já ouvi falar de um tal de Matias. Ele é cliente de meu sócio.

– De Jorge?

– Sim. Você o conhece?

– Pare de me enrolar, doutor Roberto. Você ajudou Matias a fazer toda aquela sujeira com meu pai. Vi muito bem o seu nome em vários recibos de honorários que deu a ele. Grandes quantias, não?

– Não estou entendendo...

– Você sabe que meu pai suicidou-se, doutor Roberto. E por culpa sua e de Matias. Você sabe o porquê, não? Vocês o roubaram e nos colocaram à beira da falência.

– Suicidou-se?

– Não seja cínico, doutor Roberto. Sabe que estou quase apertando este gatilho? Você é tão perverso, tão maléfico que, não sei como ficou sabendo e resolveu até filmar o suicídio de meu pai, sua vítima.

– Suicídio?! Meu Deus... aquele homem que eu filmei...?!

– Era meu pai, moço. O que sentiu, assistindo e registrando tudo, hein?!

Nessa hora, inflamado pelo ódio, o rapaz esbofeteia, violentamente, Roberto, atirando-o ao chão e tornando a agarrá-lo pelo pescoço.

Roberto fica atordoado com o tapa, mas sua mente está em outro lugar, lembrando-se da cena do suicídio.

– Fiquei sabendo que o senhor inventou que alguém o empurrou, fazendo-se passar por débil mental. Todos do prédio comentaram esse fato. Doutor Jorge disse-me que não apareceu ninguém no vídeo.

– Você conversou com Jorge?

– Ei, Júnior –, grita o outro que toma conta da porta, armado. – o doutor Frederico está chegando!

Júnior volta-se e olha fixamente para o médico.

– Júnior! O que significa tudo isso?! Como entrou aqui e o que está fazendo com essa arma e com um de meus pacientes?

– Paciente, doutor?! Este homem não tem nada. Ele finge que está doente para poder sumir um pouco de circulação e para, se for descoberto o que fez, poder alegar doença mental.

– Não estou entendendo...

– O senhor sabe o que aconteceu com meu pai, não sabe?

– Lógico que sei. Você e meu filho são amigos. Mas... por favor, deixe de lado essa arma. Pode ferir alguém.

– Tem razão, doutor. Ela pode ferir quem se mexer e tentar alguma coisa.

– Afinal de contas, o que tem esse homem a ver com seu pai?

– Meu pai, doutor, foi ludibriado por Matias, seu sócio com a ajuda deste homem. O agora ex-sócio de meu pai fugiu com todo o dinheiro da firma e estamos à beira de uma falência. Encontrei vultosos recibos de honorários, em favor de Matias, assinados por este famoso advogado.

– E o que você quer? – pergunta, assustado, o médico.

– Quero que este doutor Roberto me diga para onde fugiu aquele bandido. Onde ele se esconde.

– Não sei nada sobre essa história – argumenta Roberto. – Esse Matias era cliente de Jorge, meu sócio no escritório.

– Agora, quer pôr a culpa no sócio. E o senhor sabe, doutor Frederico, que este homem demoníaco filmou o suicídio de meu pai?

– Então, era seu pai quem ele filmou?

– Sim, doutor. Este homem deve ter o demônio dentro de si – e, dirigindo-se a Roberto, fala colericamente: – Vamos, homem! Diga-me onde está Matias! Fale ou eu o mato!

– Não sei de nada... ai!... minha garganta...

– Sabe o que vou fazer com você? Vou levá-lo até o andar de cima e fazê-lo atirar-se para baixo e, quando estiver caindo, vou atirar em sua cabeça. Venha!

O rapaz começa a arrastar Roberto, que tenta soltar-se de seu braço. Quando estão chegando perto da porta, guardada pelo outro, esta se abre e o refeitório é invadido por vários policiais, de armas em punho, que foram chamados pelo doutor Frederico, pois quando Júnior entrou no refeitório, o enfermeiro que vigiava aquele local, através das câmeras, ali instaladas, avisou o médico que, imediatamente, mobilizou a polícia e foi até lá, pois havia reconhecido o amigo de seu filho.

O que se encontrava à porta, também armado, é imobilizado, rapidamente, sem reação alguma. Júnior, por sua vez, recua alguns passos, sempre agarrado em Roberto.

– Esperem – pede o médico. – Júnior, ouça-me. Se você matá-lo, talvez não tenha mais a única chance de descobrir o paradeiro de quem procura. Não faça nenhuma loucura. Vamos para a Delegacia. Acompanho você e farei tudo para ajudá-lo.

– Onde está Matias?! – grita, ainda, para Roberto.

– Não sei de nada. Juro.

– Por favor, Júnior. Dê-me essa arma – pede-lhe o médico. – Já disse que vou ajudá-lo. Talvez, a polícia consiga localizar o ex-sócio de seu pai.

O rapaz, então, não vendo outra saída, entrega a arma ao médico e saem todos do refeitório.

– Clóvis.

– Sim, doutor – responde o enfermeiro, vindo ter à porta.

– Fique de olho no paciente.

– Pode ficar tranquilo.

***

– Não é possível que Roberto tenha feito isso que está nos jornais! – exclama Débora, entre lágrimas.

Em sua casa, estão reunidos na sala, Ciro, Luís Alberto, Dalva, Adriana e Raul, o comandante de Polícia.

– Não posso acreditar – continua. – E por que Jorge não nos procurou? Ele deveria ter-nos procurado, assim que ficou sabendo do caso. Você não conseguiu encontrá-lo, Ciro?

– Não, Débora. Estive em seu apartamento e telefonei várias vezes. O síndico informou-me que ele saiu com a esposa, carregado de malas.

– O que acha, Raul? Você que conversou com Jorge.

– Ainda não cheguei a conclusão alguma. Estou esperando uma ordem judicial para falar com Roberto.

– E quando será isso?

– É um pouco complicado, sabe? O juiz precisa entrar em contato com o médico que cuida dele para que este autorize ou não o interrogatório.

– Interrogatório?!

– Maneira de dizer, Débora. Vou lá conversar com ele. Isto é, se ele estiver em condições de falar.

– E como você permitiu que os jornais publicassem isto a respeito de Roberto e incriminando-o desse jeito?

– Fiz de tudo para impedir, mas Jorge e aquele rapaz, o Júnior, deram uma verdadeira entrevista aos jornalistas.

– Escreveram que Roberto foi diabólico, filmando o suicídio de sua própria vítima. Meu Deus! Que horrível! Estão dizendo que o suicida, o senhor Moura, deve ter avisado Roberto que se suicidaria, caso ele não o ajudasse contra Matias.

– Realmente, tudo está muito complicado para Roberto – comenta Raul. – De acordo com os jornais, a filmagem, a falsa acusação de que alguém tivesse empurrado Moura, tentando armar uma confusão e dúvidas a respeito de sua morte, a fuga do hospital, foi tudo planejado por Roberto para escapar como doente mental, caso alguma coisa saísse errada. Mas o pior são as provas materiais de seu envolvimento com Matias, para quem ele assinou vários recibos de serviços prestados por ele de vultosas quantias.

– Aqui, no final da reportagem, – diz Ciro – neste quadro, o jornal traz a explicação de Júnior, filho de Moura, que relata que seu pai cuidava tão somente do setor industrial da empresa e que, nada entendia de negócios, ficando essa parte, por conta do sócio em quem ele confiava plenamente e assinava tudo que o amigo lhe pedia, sem ao menos ler, ou mesmo, tomar conhecimento do que era e que Matias, assessorado por Roberto, fê-lo assinar saques vultosos e anuência para a venda de bens móveis e imóveis da empresa. Na época certa, Matias desapareceu e à fábrica só resta a falência. Fala, inclusive, da surpresa do próprio Jorge, sócio de Roberto.

– E por que ele sumiu com sua esposa?

– Acredito que para evitar o assédio da imprensa – diz Luís Alberto.

– O que faremos, meu Deus?! – choraminga Débora, já à beira de uma ataque de nervos. – Não acredito em nada do que está escrito aí. Meu Roberto seria incapaz. Você o conhece, Raul. Ele não precisa de dinheiro. Nós temos tudo.

– Sei disso, Débora. Também não acredito em nada dessa história e, por isso, vou investigá-la a fundo e incansavelmente.

***

No dia seguinte, munido da autorização judicial e com a devida permissão do doutor Frederico, Raul conversa com Roberto na sala e na presença do médico.

– E isso é tudo, Roberto. O que tem a dizer-me?

– Não dá para acreditar, Raul, que tudo isso esteja acontecendo, principalmente, pela confiança que sempre depositei em Jorge. Na verdade, lembro-me agora de ter assinado vários recibos em branco para que ele os utilizasse, pois alegou-me que os dele haviam terminado e que a gráfica estava demorando para entregar-lhe os impressos. Disse-me que, assim que estivessem prontos, trocá-los-ia pelos seus, e só posso imaginar que ele tenha se esquecido, e nem sei se seriam esses os recibos por mim assinados.

– Pois tudo leva a crer que Jorge esteja realmente envolvido nessa história, ainda mais agora com o estranho sumiço dele. Sabe, Roberto, a ambição faz com que muitos, que cremos honestos, rendam-se a ela.

– Não posso acreditar, Raul. Não consigo nem imaginar ele ter planejado culpar-me, se algo desse errado. Com certeza, tudo não deve passar de algum grande engano.

– Pois eu ainda imagino que quando Matias percebeu que talvez viessem a ser levantadas investigações, a mando da família, para apurar as causas do suicídio de Moura, precipitadamente fugiu, deixando alguns papéis comprometedores. Aliás, Matias já nem era mais sócio de Moura e ninguém sabia disso, nem o próprio Moura, que assinava tudo sem ler.

Roberto, então, arrisca uma pergunta:

– Vocês acreditam em mim?

– Acredito, Roberto – responde, sinceramente, Raul. O médico limita-se a olhar para os dois.

– E o senhor, doutor? – insiste.

– Para mim está tudo muito estranho. Na verdade, não conheço bem você ainda e não sei até que ponto poderia fazer algo desse tipo. Acho muita coincidência você ter filmado o suicídio do homem e se você for realmente inocente, pode ter certeza de que a vida pregou-lhe uma grande peça, pois acredito que será muito difícil as pessoas acreditarem no que diz.

– E Jorge, Raul?

– Estamos tentando localizá-lo, assim como Matias, mas não está sendo nada fácil. Estamos investigando a compra de passagens para o exterior, mas é um trabalho demorado.

– Você vai me prender?

– Não. Você está sob cuidados médicos psiquiátricos e apenas tenho, nas mãos, uma denúncia que não prova nada.

– Mas por que os jornais...?

– Os jornalistas foram por demais precipitados, apesar de que noticiaram apenas as acusações do rapaz contra você. Tentei impedi-los, alegando que deveriam aguardar uma defesa de sua parte, mas não adiantou.

***

Inacreditável! Já usei tanto esta palavra, mas tenho que repeti-la quando escrevo o que aconteceu comigo. Não podia acreditar que meu amigo e sócio tivesse feito tamanha crueldade para com aquele infeliz, que acabou pondo termo à própria vida, para comigo, e para com ele mesmo, jogando pelos ares todo o patrimônio de honestidade e justiça que havia conquistado através dos anos, pelo seu trabalho.

E, daí, o que seria de mim? Estava de mãos atadas, enclausurado numa clínica psiquiátrica. Como poderia defender-me se tinham provas forjadas por Jorge? E dona Laura? Não a via desde a sessão mediúnica passada. O que teria acontecido? Será que hoje haveria trabalho mediúnico? Já era quarta-feira, novamente.

Foi pensando em tudo isso que acabei adormecendo, nesse dia, das seis horas da tarde, após o jantar, até às nove horas e trinta minutos, aproximadamente, quando acordei com alguém pronunciando meu nome. Abri os olhos e o quarto estava às escuras. Procurei o comutador da luz e a acendi. Não vi ninguém. Estava lavando o rosto na pia do banheiro e ouvi, novamente, que me chamavam. Voltei para o quarto e, mais uma vez, nada vi. Parecia-me a voz de um senhor de idade. Não dei a menor importância e deitei-me para tentar colocar minhas ideias em ordem. Sabia que minha esposa e meus irmãos, assim como meu amigo Raul, acreditavam em mim, e que fariam todo o possível para tentar resolver a questão, mas, pensava também que não tinham como resolvê-la. Até os enfermeiros passaram a olhar-me com certo receio e desconfiança.

– E dona Laura? – pensava, preocupado. – Não aparecera e nem mandara me avisar do que poderia estar acontecendo com ela. Era a minha tábua de salvação, pelo menos, para ajudar-me a controlar minhas visões.

Estava ainda com esses pensamentos a rodar em meu cérebro, quando a porta se abriu repentinamente e, como um bálsamo para mim, entrou a gorda senhora grisalha, dona Laura. Fiquei tão contente que não pude conter a minha alegria, saltando da cama e dando-lhe um forte abraço.

XIII

Celestino

– DESCULPE-ME, ROBERTO, POR NÃO TER APARECIDO antes e nem ter mandado avisá-lo. Até Pedro e Reinaldo estavam preocupados. Precisei acompanhar uma senhora do Lar de idosos até um hospital e saímos de madrugada, com certa urgência, e não sei porque o doutor Frederico disse a eles que não sabia onde eu me encontrava.

– Fiquei bastante preocupado.

– Também fiquei muito preocupada com você, meu filho. Soube o que está lhe acontecendo, mas não acredito que tenha feito o que lhe acusam.

Roberto conta-lhe, então, tudo o que aconteceu, principalmente, o empréstimo de recibos seus, assinados.

– Bem, Roberto, nisso não posso ajudá-lo, mas peço-lhe que não deixe que esses acontecimentos amargos o impeçam de continuar com sua missão mediúnica de auxílio e de amor ao próximo, e não se veja vítima de uma fatalidade ou de alguma má sorte, não. Tudo o que nos acontece não é por acaso. Temos, sim, que lutar contra os infortúnios, sempre que necessário, na tentativa de melhorar-nos e aos outros, mas não podemos nunca desanimar quando algo de ruim nos acontece. Devemos caminhar sempre com fé e esperança em Jesus. Tenha confiança em Deus, que tudo se resolverá.

– Deus lhe pague, dona Laura, por suas palavras de conforto e estímulo.

– Bem, meu filho, tenho de ir para o trabalho mediúnico, mas assim que terminar, virei vê-lo.

– Dona Laura, não posso assistir à reunião, hoje?

– Infelizmente, ainda não, Roberto. Apesar de você ter assistido a ela quarta-feira passada, e ter entendido, em parte, o que lá se passou, ainda é muito cedo para participar, efetivamente. É preciso que estude bastante a Doutrina para que possa participar e ajudar. Há uma real necessidade que se compreenda o que se passa no outro plano e suas interações com o nosso. Sei que boa vontade, amor ao próximo e muito desejo de ajudar, você tem bastante e isso é importantíssimo. Mas, não basta só isso. É necessário conhecimento.

– Entendo...

– Espero que logo, logo, possa você deixar esta clínica e, então, poderá estudar e frequentar cursos sobre Espiritismo em Centros Espíritas, que irei lhe indicar. E se isso não acontecer tão breve, poderá aprender comigo, oralmente, como fiz com Plínio, por muito tempo, até que ele ficou em condições de trabalhar. Mesmo assim, ele ainda terá de aprender muito.

– Aí, poderei controlar minha mediunidade... minhas visões...

– Sim, Roberto. Apesar de que, pode ter certeza de que você já tem condições de controlar, em parte, essa sua faculdade, pois já sabe do que se trata e pode orar bastante e pedir proteção aos Amigos Espirituais.

– Mas... é tão difícil...

– Eu sei, mas tudo na vida é constante treinamento. Aos poucos, você vai conseguir, vai ver.

– Tenho muita fé nisso.

– Bem, agora tenho de ir. Até mais tarde.

– Até mais, dona Laura, e bom trabalho. Que Deus a abençoe.

– Obrigada.

Dona Laura retira-se do quarto, deixando Roberto entregue aos seus pensamentos, cheio de esperança, lembrando-se da esposa e da filhinha querida. Assim fica por cerca de mais de meia hora, até que o mundo parece desabar aos seus pés quando, aquela criatura monstruosa, cheia de escamas e com grande mandíbula, de dentes pontiagudos irrompe seu quarto, vociferando em altos brados.

– Já está sentindo o peso da minha vingança, seu verme?!!!

Roberto, que estava deitado, recua e fica sentado, encolhido na cabeceira da cama. E, sem tirar os olhos daquele monstro, começa a orar, pedindo proteção aos Espíritos de Luz.

– Quero que saiba que tudo o que está acontecendo com você foi provocado por mim e por meus companheiros. Estamos trabalhando em todos os detalhes para que sofra a humilhação e o desprezo de todos que o conhecem. E não pararemos por aqui. Muito mais ainda virá. Seu próximo sofrimento envolverá todos os seus familiares. Quero que sinta bastante ódio por mim, pois, assim, tudo será mais fácil. Quero que sinta ódio! Ódio!!!

– Por que tudo isso? – arrisca-se, Roberto, a perguntar.

– Ah, você não sabe? Pensa que conseguiu fugir de mim, apenas porque voltou para esse lado? Levei séculos para encontrá-lo por detrás dessa sua nova vestimenta carnal e, agora que o encontrei, vou vingar-me por tudo o que me fez passar.

– E o que foi que eu lhe fiz?

– Não se lembra?! Mas eu percebi que ficou um pouco chocado quando fiz-me aparecer como eu era quando convivíamos juntos. Lembra-se do castelo? Lembra-se das caçadas?! Das festas?! Lembra-se de todos nós, seus amigos, prontos a dar a vida por você, se necessário fosse?!

Roberto não consegue falar. Apesar de não conseguir lembrar-se do que aquele ser lhe falava, parecia que aquelas palavras tentavam, a todo o custo, abrir uma brecha em sua mente para liberar toda uma lembrança de outra encarnação por que passara.

– Não se lembra do que fez?!!! Seu verme!!! Lembra-se da masmorra?! Lembra-se?! Quantos anos nos manteve lá até que morrêssemos doentes e velhos! Agora você vai apodrecer aqui dentro! Aqui ou na cadeia!!!

– Mas não me lembro de nada... – retruca Roberto.
– Deixe-me ajudá-lo.

– Ajudar-me?!!! Agora?!!!

Nesse momento e antes que a criatura pudesse falar mais alguma coisa, duas entidades bastante luminosas adentram o quarto e, com passes sobre o Espírito, fazem com que ele se cale e o levam, deixando Roberto, agora não com sentimentos de ódio como o que já chegara a sentir, talvez por resquícios de outra encarnação, mas com muita pena da criatura e com uma grande tristeza e amargura de pensar que tivesse, talvez, sido o culpado por ela estar vivendo, há tanto tempo, daquela maneira.

Então, começa a orar por aquele Espírito, rogando ao Alto que o auxilie e que, se fosse possível, que ele mesmo, Roberto, pudesse ajudá-lo a sair daquela situação. E, assim, fica por um bom tempo até que dona Laura entra no quarto, preocupada com ele.

– Roberto, meu filho, você está bem?

– Dona Laura! Já terminou a reunião?

– Sim.

– Puxa, nem percebi o tempo passar. Estava orando...

– Suas orações foram bastante providenciais.

– Como assim?

– Você recebeu uma visita, não foi?

– Sim... mas... como a senhora sabe?! Dois Espíritos de Luz o levaram.

– Eu sei, Roberto. Aqueles emissários o tiraram daqui e o levaram para a nossa reunião.

Roberto fica perplexo.

– E daí? A senhora falou com ele?

– Sim e, graças às suas preces, pudemos fazer com que ele adormecesse um pouco. Isso já é um bom começo.

– Verdade? Queria tanto ajudá-lo.

– O que ele lhe falou, meu filho?

Roberto, então, conta-lhe tudo o que aquele Espírito lhe havia falado a respeito da encarnação em que conviveram juntos e sobre o que ele havia feito com ele e mais outros.

– Não se impressione tanto, Roberto – pede-lhe dona Laura, na tentativa de tranquilizá-lo. – É evidente que vocês devem ter tido algo em comum, por causa da perseguição que você sofre, mas esperamos que um Benfeitor Espiritual nos conte mais detalhes, se for da vontade de Deus. Aquele Espírito pode estar, até, a mando de alguma outra entidade.

– Não sei, dona Laura. Parece-me que ele estava falando a pura verdade e só não fiquei sabendo mais porque os Espíritos de Luz não o permitiram.

– Mas não se preocupe com isso. Confie em Jesus, é o que lhe peço.

– Está bem, dona Laura, a senhora é quem sabe o que é melhor para mim.

– Muito bem. Agora, pretendo lhe fazer uma pergunta.

– O que é?

– Nós recebemos a comunicação de um Espírito que me pediu que lhe desse um recado.

– Um recado para mim?

– Era o Espírito de um senhor de idade, magro, de nome Celestino. Você conheceu alguém com esse nome?

– Não. Mas qual é o recado?

– Ele pediu-me para lhe dizer que a chave de seu problema encontra-se numa chácara denominada Bela Vista, em Tombeiras.

– Chácara Bela Vista em Tombeiras...

– Você sabe o que isso significa?

Roberto pensa um pouco antes de responder:

– Acho que sim e pressinto que tenho de agir rápido. A senhora também percebeu o significado disso.

– Sim, mas acho que pode ser perigoso.

– Preciso fazer alguma coisa.

– E a polícia? Seu amigo Raul...

– Não posso arriscar-me. Ninguém iria acreditar que o Espírito de seu Celestino tivesse se comunicado e, além do mais, teria de revelar o segredo das reuniões mediúnicas aqui.

– Tem razão... e o que poderei fazer para ajudá-lo?

– Preciso ir até Tombeiras, mas, para isso, tenho de sair daqui e irei precisar da ajuda de Débora.

– Eu entrarei em contato com ela e, quanto a sair daqui, já sei como posso ajudá-lo.

– A senhora não correrá o risco de ser punida?

– Fique tranquilo quanto a isso. Tome este papel e lápis e escreva uma carta à sua esposa, explicando-lhe o que quer e assine. Pedirei a Cícero que a leve até ela quando terminar o plantão, logo mais à meia-noite. Fique acordado, pois quando ele voltar com a resposta, darei um jeito de passar um bilhete por debaixo da porta deste quarto. Arrume uma maneira de lê-lo, sem que o operador de câmera o perceba. Pelo bilhete, lhe darei instruções de como você deverá fazer para sair daqui. Fique com meu relógio. Penso que vai precisar dele. Vou deixar esta porta destrancada para que possa sair do quarto, no momento oportuno. Boa sorte, meu filho, e que Deus o proteja.

– Obrigado, dona Laura.

A mulher sai do quarto, deixando Roberto imerso em pensamentos de apreensão e de um pouco de esperança também. Deita-se e fica acordado, olhando, de vez em quando para o chão, perto da porta.

Aproximadamente às quatro horas da manhã, um bilhete é empurrado por debaixo dela. Cautelosamente, Roberto o apanha e, disfarçadamente, o lê, iluminando-o com a luz da pequena geladeira, onde se serve de água, num copo de plástico.

No bilhete, dona Laura explica-lhe o horário combinado com Débora e que o molho de chaves, que lhe abrirá qualquer porta que for necessário, ele encontrará, escondido, por detrás do bebedouro d'água, no corredor, à direita de seu quarto. Dá-lhe outras instruções e pede-lhe para tomar o cuidado de não acender as luzes do quarto, pois, no escuro, ele não poderá ser observado pela câmera, além de que, nessa hora, é mais que natural que a luz de seu quarto esteja apagada.

Roberto olha para o relógio. São quatro horas e dez minutos. Terá de esperar até as cinco, que foi o horário combinado. Nesses longos cinquenta minutos, aproveita para rememorar tudo o que lhe aconteceu, desde que toda essa loucura começou.

✳✳✳

Quando chega a hora preestabelecida, silenciosamente sai do quarto e apanha o molho de chaves atrás do bebedouro. Experimentando as chaves, consegue abrir a porta que dá para o pátio. Atravessa-o e abre também o portão que dá acesso ao Lar dos idosos. Terá de ser rápido, pois não demorará para clarear o dia. Sabe que, pelo portão principal, não poderá sair por causa do guarda que fica na guarita de entrada. Segue, então, as instruções de dona Laura e, esgueirando-se por entre os arbustos, consegue chegar até o alto muro onde uma escada de madeira o aguarda.

"– Cícero deve ter trabalhado a noite toda, arriscando-se bastante" – pensa, enquanto coloca a escada em pé e sobe por ela. Chegando ao topo, puxa a escada até conseguir equilibrá-la por sobre ele. Daí em diante, é só tombá-la para o lado da rua e descer por ela. Desse lado, o muro é cercado por um canteiro de ciprestes e esconde a escada, deitada, por detrás deles.

Mais uma vez, Roberto vê-se, em plena rua, de pijamas e o desespero começa a tomar conta dele, pois olha de um lado para outro e não vê Débora com o carro. Corre uns cinquenta metros para cima. Volta e desce mais um tanto em outra direção.

"– Meu Deus! – pensa. – Será que ela não vem? O que será que aconteceu?"

De repente, ouve pneus cantando no asfalto. Volta-

-se e quase pula na frente do carro, dirigido por Débora, tamanha sua ansiedade.

Entra pelo lado do motorista e pega no volante.

– Você trouxe minhas roupas, meus documentos, dinheiro, meu talão de cheques, o mapa, fichas telefônicas...

Débora sorri ante o desespero de Roberto que parece esquecer-se dela.

– Acalme-se, meu amor. Está tudo aqui. Também trouxe lanche para nós dois. Acalme-se, relaxe e dê-me um beijo, pelo amor de Deus.

– Desculpe-me, Débora – diz Roberto, beijando-lhe os lábios. – Você não pode imaginar como estou me sentindo. É minha única chance e nem sei se vou conseguir alguma coisa.

– Você quer dizer... se vamos conseguir alguma coisa, não é? Vou com você.

– Pelo amor de Deus, Débora. Pode ser perigoso. Não posso expô-la.

– Já está resolvido, Roberto. Deixei Raquel com Justina, que a levará para a casa de Dalva, junto com uma carta, explicando que preciso ausentar-me por alguns dias. Logo, logo, ela entenderá, quando souber que você fugiu da clínica. Quanto à Raquel, está contentíssima, pois lhe disse que iria buscar o seu pai, apesar de que ela teria de esperar alguns dias na casa da tia. E vamos logo, Roberto. Daqui a pouco darão pela sua falta e ainda estamos aqui parados.

Roberto que, até aquele momento, se mantivera boquiaberto com toda aquela avalanche de explicações da esposa, parece tomar consciência do que está acontecendo e pisa fundo no acelerador do carro.

– Vá por aqui até o final desta rua e depois vire à direita. Antes de vir, dei uma olhada no mapa. Logo estaremos na estrada – explica Débora, abrindo o guia rodoviário.

– Quando poderei tirar este pijama e colocar minha roupa? Você trouxe meus sapatos?

– Trouxe. Um pouco antes de chegar à estrada eu lhe aviso, e você para a fim de trocar de roupa.

– Como sabe onde terei de parar?

– Já estive aqui antes de vir apanhá-lo para conhecer o trajeto até a estrada.

– Tudo bem. Quantas horas teremos de viajar ao todo?

– Acredito que lá pelo meio-dia ou um pouco mais, se pararmos para almoçar na estrada, chegaremos a uma cidade próxima de Tombeiras, onde acho que devemos pernoitar.

– Pernoitar?

– Sim. Penso que não devemos ir, até lá, nesse horário.

– Por quê?

– Porque até chegarmos a Tombeiras já estará faltando pouco para escurecer e acho que não seria prudente ir até a chácara à noite.

– Você não acha que qualquer minuto perdido pode ser fatal? E se ele viajar?

– Temos de nos arriscar, meu bem. Não devemos

ir à noite. Nem sabemos direito onde é. Vamos com calma.

– Tudo bem. Você tem razão. Não vamos nos precipitar.

– E, por favor, Roberto, relaxe um pouco o corpo. Desse jeito, não vai aguentar dirigir durante tanto tempo.

– Sim, preciso relaxar.

– É logo ali na frente. Está vendo aquela árvore? Encoste o carro ao seu lado.

Roberto estaciona, sai do veículo, troca rapidamente de roupas, veste o calçado, torna a entrar no automóvel, e confere o que Débora lhe trouxe. Está tudo em ordem. Sorri para ela e dá-lhe um beijo antes de colocar o carro em movimento.

Durante a viagem, Roberto lhe explica, detalhadamente, tudo o que lhe aconteceu na clínica. Fala sobre os ensinamentos de dona Laura e sobre as reuniões mediúnicas.

– Você encontrou um anjo, Roberto.

– Sim, não fosse ela, não sei o que aconteceria comigo e com outros pacientes, que por lá já passaram.

– E sua mediunidade? Tem certeza de que já pode controlá-la?

– Terei de aprender muito ainda, Débora, mas tenho muita fé.

– Que felicidade saber que você não está doente.

– Nunca estive. Existem tantas pessoas que possuem esse tipo de mediunidade que você não pode imaginar.

– É incrível tudo isso que você me contou e explicou. Sempre ouvi falar de Espiritismo, de Chico Xavier. Na televisão, mesmo... Já assisti a filmes... mas... quando poderia imaginar que o meu marido, um dia, viesse a ser um médium?

– E o que você pretende fazer?

– O que eu pretendo fazer? Só me resta apoiá-lo e estudar essa Doutrina, na qual você acaba de ingressar.

– Você é um anjo, Débora.

– Um Espírito bom, você quer dizer? – conserta a esposa, fazendo graça.

Mesmo naquela situação, Débora sente-se tão feliz ao lado do marido, que consegue brincar com ele, inclusive tentar acalmá-lo um pouco.

Roberto ri da brincadeira.

– Também tenho e estudar bastante. Pouco sei ainda sobre Espiritismo, a não ser o que dona Laura me explicou. Mas é interessante como sinto já conhecer muita coisa do que ela me explica.

– Talvez seja por causa da lógica das explicações.

– Pode ser.

Viajam por horas e param num posto de gasolina à beira da estrada, onde abastecem o carro e aproveitam para esticar um pouco as pernas, almoçar e, após descansarem por quase uma hora, retornam à estrada.

– Já devem ter dado pela sua falta, querido.

– Pode ter certeza. O café da manhã já foi servido há muito tempo.

– Será que vão descobrir que dona Laura o ajudou?

– Acredito que não. Eles não sabem nada sobre ela, nem sobre as reuniões.

– Mas ela tem a chave que dá acesso ao hospital.

– Todos os enfermeiros a tem, pois a única entrada e saída da clínica é por esse portão.

– Entendo... e já devem ter avisado a polícia.

– Também acho.

Mais quatro horas de estrada e chegam até uma pequena cidade, onde procuram um hotel para pernoitar. São pouco mais de três horas. Descansam o resto da tarde, tomam um pequeno jantar e vão dormir, ainda extenuados pela viagem.

XIV

Bela vista

NA MANHÃ SEGUINTE, LEVANTAM-SE BEM CEDO, AGUAR-dam o preparo do café, tomam-no, comem um pouco, e partem em direção à próxima cidade.

Na estrada, Débora arrisca a pergunta inevitável que tanto ela quanto Roberto não tiveram coragem de fazer até aquele momento.

– O que faremos quando chegarmos na tal chácara?

– Não sei, Débora. Primeiro, penso em certificar-me de que Matias está mesmo lá. Depois, estou pensando em ir até a polícia e contar tudo o que está acontecendo e pedir para entrarem em contato com Raul. O que você acha?

– Não vejo outra maneira, mas sabe o que estou pensando?

– Sim...

– E se não o encontrarmos? E se não existir

nenhuma chácara com esse nome que o Espírito daquela senhora revelou?

– Bem... acho que, então, só me restará voltar para a clínica.

– Oh, meu Deus!

Nesse momento, em que estão prestes a chegar onde pretendem, o desespero começa a tomar conta do casal. E se tudo não der certo? Roberto se complicará ainda mais por ter fugido.

Continuam o resto da viagem em silêncio.

São nove horas da manhã quando chegam à cidade. Esta não é tão pequena como a anterior e a primeira providência que tomam é abastecer o automóvel.

– Meu senhor... por favor, – pede Roberto ao homem do posto de gasolina – por acaso, conhece alguma chácara de nome Bela Vista?

– Não. Não conheço. Existem muitas chácaras ao redor da cidade. Se o senhor perguntar naquela loja, ali na esquina, talvez descubra alguma coisa. É uma loja de artigos agropecuários.

– Muito obrigado.

Roberto e Débora entram no carro e dirigem-se até lá, com os corações palpitantes.

– Por favor, o senhor conhece alguma chácara de nome Bela Vista?

– Bela Vista? Deixe-me ver... há tantas chácaras por aqui... Bela Vista... sim... penso que sim...

O casal quase desfalece ao ouvir o homem confirmar a existência daquele imóvel. E com aquele nome.

– Deve ser aquela chácara comprada há pouco tempo... Pedro! Pedro! – grita o homem.

Um menino entra correndo.

– O que é, pai?

– Como é o nome daquela chácara onde você foi levar umas encomendas, anteontem, à tarde? Daquele homem que veio para cá há pouco tempo...

– Sei, sim. Deixe-me lembrar. É... vista... boa...

– Bela Vista? – pergunta Roberto.

– Bela Vista, isso mesmo – confirma o garoto.

– E como é o homem que comprou essa chácara?

– É um homem gordo, não é, pai?

– Ele tem barba?

– Não. Não tem.

"– Deve ter cortado" – pensa Roberto, e insiste:

– Você lembra o nome dele?

– Não me lembro. Ele quase não falou comigo. Fez as compras e pediu-me para entregá-la. Só isso.

– Tudo bem. Vocês me ajudaram muito. Obrigado.

– O senhor o conhece? – pergunta o lojista.

– Oh, sim. Conheço-o muito e quero lhe fazer uma surpresa. Como fazemos para chegar até lá?

– É muito simples – responde o garoto. – Siga por esta rua até o fim e vire à esquerda, entrando numa estrada sem calçamento. O senhor verá várias placas com o nome das chácaras. Bela Vista deve ser uma das últimas, mas será fácil encontrá-la, pois, também possui uma placa com o nome.

Saem da loja e entram no carro, ofegantes pela ansiedade.

– Meu Deus, Roberto. Agora, acredito mesmo. O Espírito falou a verdade. O que faremos, agora?

– Não sei... preciso pensar.

De repente, Débora tem um sobressalto.

– Veja, Roberto! – grita – Veja aquela mulher que está saindo da padaria e entrando no carro.

– É o carro de Jorge!

– É Deise, sua esposa.

– Mas, então, Jorge está com Matias?

– Sim. O que faremos?

– Espere. Agora ficou tudo muito simples. Se a polícia os vir juntos, logicamente, acreditará que sou inocente.

– É lógico...

– Espere aqui – pede Roberto, saindo, rapidamente, do carro, sem mais explicações e dirigindo-se a um telefone público na calçada oposta.

Débora não tem a mínima ideia do que o marido está fazendo. Percebe que ele está tentando ligar para alguém e que, após várias tentativas, consegue, finalmente, falar. Conversa, demoradamente, gesticulando bastante. Afinal, desliga o telefone e volta para o carro.

– Para quem telefonou, Roberto?

– Foi difícil, mas consegui localizar Raul.

– Raul? Mas ele está tão longe. O que poderá fazer?

– Expliquei-lhe tudo. Ele já deve estar, neste momento, entrando em contato telefônico com a polícia daqui para que ela aja no sentido de flagrar Jorge na chácara de Matias ou, quem sabe, se tivermos sorte, este também esteja lá, agora. Vamos.

– Para onde?

– Para a chácara. Quero ver para ter certeza.

– Mas, Roberto, pense um pouco: se a polícia reconhecer você lá, vai ligá-lo também ao caso do desfalque. Talvez Jorge tente inverter as coisas, alegando que você estava com Matias e que ele veio investigar, ou coisa assim. Por enquanto, tudo está contra você.

– Sei disso, Débora. Raul disse a mesma coisa e aconselhou-me a voltar, imediatamente, e ir direto para a clínica.

– Pois, então...

– Vamos nos arriscar, Débora. Precisamos ter certeza, antes de partirmos. Você viu que direção tomou Deise?

– Sim. Dirigiu o carro até o fim da rua e dobrou à esquerda.

– Foi para a chácara. Vamos.

Roberto, então, suando frio de medo de ser descoberto, dirige até o final da rua e para. À sua esquerda, há uma estrada de terra e não há movimento algum nela. Lentamente, parecendo ainda pensar se deve seguir em frente, começa a percorrê-la. Aos poucos, vai aumentando a velocidade, ao mesmo tempo em que vai lendo as placas com os nomes das chácaras, nas entradas.

– Estou com medo, Roberto.

– Eu também. Tenho receio de que Matias ou Jorge saiam de carro e cruzem conosco.

– Então, acelere, homem, e vamos passar logo pela chácara.

Roberto obedece, raciocinando que, ou volta para trás ou segue em frente, rapidamente. Mais alguns minutos e passam ao lado de uma grande porteira onde se lê Bela Vista, em uma placa, dando para perceber que há movimento de muitas pessoas lá dentro. Percorrem mais uns cem metros e a estrada termina. Roberto, então, manobra o carro para trás de uma touceira de bambus, à esquerda da estrada e o desliga.

– Venha, Débora. Vamos ficar vigiando. Dali dá para ver a entrada da chácara.

– Estou com medo, Roberto.

– Fique calma. Aqui estamos seguros.

Dizendo isso, caminham até a beira da estrada e ficam escondidos atrás de uma verdadeira trincheira natural de arbustos, aguardando os acontecimentos, e rezando para que a polícia, realmente, atenda à solicitação de Raul, até que Roberto percebe um vulto às suas costas. Vira-se e dá de cara com um senhor de idade.

– Quem é o senhor? – pergunta assustado.

Débora olha para o marido e estremece.

– Com quem você está falando, Roberto?

– Você não está vendo esse homem? – pergunta à esposa, apontando para o velho.

– Não vejo ninguém.

Roberto imagina, então, pela descrição de dona Laura, que deva ser o Espírito Celestino, que lhe enviou o recado.

– O senhor é Celestino? Por que está me ajudando?

– Não se lembra de mim, Roberto?

– Espere... sim... agora estou me lembrando do nome... seu Celestino, pai de Deise...?!

O velho concorda, maneando a cabeça.

– Pelo amor de Deus, Roberto, com quem você está falando? – insiste Débora, já imaginando o que poderia estar acontecendo com o marido.

– Tenha calma, Débora. Estou tendo uma visão. Mas é de paz. Deixe-me conversar com ele.

– Olhe para a estrada – pede o velho.

Roberto volta-se e vê um bando de figuras encapuzadas e vestidas de negro que correm em direção à chácara. Percebe que se trata de Espíritos do mal.

– Quem são eles?

– São verdadeiros sanguessugas.

– Como assim?

– Pressentiram a iminente violência neste local e, para aqui acorrem, aguardando o momento de saciar a sede que têm de fluido vital dos que, por ventura, desencarnarem.

– Pressentiram violência?

– Nessa chácara estão reunidos capangas de um homem sem escrúpulos que, há muito tempo, vem traficando drogas e que se escondia por detrás de uma empresa onde era sócio. Nunca ninguém percebeu nada até que, como você já sabe, levou o sócio ao suicídio. Fez isso por estar muito endividado com outros traficantes e protege-se com jagunços da mais baixa qualificação e verdadeiros criminosos.

– E Jorge?

– Este foi atraído pela riqueza fácil e decidiu ligar--se ao traficante, porém agora que percebeu com que tipo de pessoas foi se meter, está profundamente arrependido, mas não sabe como sair dessa situação. Quem entra nesse mundo de crimes e tráficos não consegue mais sair dele. E está correndo risco de vida, pois já estão pensando em eliminá-lo.

– Meu Deus! Mas, como o senhor conhece toda essa história?

– Há muito tempo venho tentando ajudar minha filha e Jorge, meu genro. Pobre Deise... desconhece tudo isso que está acontecendo.

– O que esse Espírito que você vê, está lhe falando?

– Depois lhe conto, Débora. Jorge está em perigo.

Nesse momento, três viaturas policiais chegam ao local e diversos soldados descem dos carros, fortemente armados.

– Não lhe disse? A violência estava no ar e esses Espíritos do mal, verdadeiros vampiros, sentiram o cheiro antes mesmo de ela acontecer.

A polícia, então, entra na chácara e Roberto ouve quando um policial grita para que todos saiam da casa. Uma gritaria faz-se ouvir assim como vários estampidos de armas de fogo, pois os que estavam no interior, começam a disparar contra a polícia, que responde na mesma altura. De onde Roberto está, dá para ver a porta que se abre, repentinamente e percebe que Jorge sai correndo para fora, juntamente com a esposa. Esta consegue chegar até onde a polícia está, porém, o sócio de Roberto não o consegue, tombando ao solo com um tiro que, partindo do interior da casa o atinge pelas costas. Os soldados que, nessa altura, já haviam cercado a moradia, disparam bombas de gás para o seu interior e, momentos depois, oito homens e uma mulher saem e se entregam. Roberto reconhece Matias e imagina que a mulher deva ser sua esposa.

– E agora? – pergunta Roberto, voltando a olhar para o pai de Deise, porém, este não mais se encontra ali.

– Roberto, vamos até lá. Não podemos deixar Deise no meio de toda essa gente. Não creio que ela esteja, totalmente, de acordo com tudo isso que Jorge fez.

– Você tem razão. Vamos.

Apanham o carro e dirigem-se para a chácara, onde descem e correm em direção a Jorge, que está sendo atendido por um soldado. Débora abraça Deise.

– Não podemos movê-lo. Chame uma ambulância e um médico, soldado – ordena um policial que parece ser o comandante.

– Precisamos fazer alguma coisa – pede Roberto que, chegando perto de Jorge, abaixa-se sobre ele.

– Quem é você? – pergunta um dos policiais.

– Sou sócio dele e fui eu quem avisou o comandante Raul de que todos estavam nesta chácara.

– Raul ligou-me e vim, imediatamente. Mas como o senhor ficou sabendo desta quadrilha? Porque, para mim, só pode ser uma quadrilha. Do jeito que estavam armados.

– Jorge, fale comigo – pede Roberto, sem responder ao policial.

– Chefe! – grita um dos soldados, do interior da

casa. – Venha ver o que encontramos. Um punhado de pacotes com drogas.

– Policial... – chama Jorge, entreabrindo os olhos.

O comandante abaixa-se sobre ele.

– Quero prestar... uma declaração... inocentando o meu amigo Roberto... chame alguns de seus homens para que testemunhem o que vou... dizer... depressa... estou morrendo...

– Conte tudo, Jorge. Pelo amor de Deus, livre-se desse peso – roga Débora.

Jorge, então, entre soluços e espasmos de dor, conta tudo o que aconteceu, acusando Matias e inocentando Roberto e sua esposa Deise, dizendo que, até aquele momento, ela não sabia de nada e pensava que estavam ali, a passeio. Conta que seu plano era mudar-se para outro país e trabalhar para Matias, mas que, tardiamente, percebeu onde havia se metido.

Deise não consegue acreditar no que ouve. Tudo, para ela, é um grande choque. Na verdade, não estava gostando muito da fisionomia das pessoas daquele lugar, mas confiava em Jorge, que lhe dissera que estava tratando de negócios e que, logo, teriam que fazer uma viagem, mas sem entrar em detalhes.

Após contar tudo à polícia, Jorge pede perdão à esposa e entra em desfalecimento, sendo conduzido imediatamente para o centro de tratamento intensivo de um hospital, no qual, socorrido a tempo, consegue sobreviver.

À noite, nesse mesmo hospital, onde Jorge se encontra internado e fora de perigo, encontram-se reunidos, numa sala reservada, Roberto, Débora, Deise, Ciro, Dalva, Luís Alberto, Adriana e o comandante Raul, que para lá haviam se dirigido. Também acabaram de chegar uma irmã e um cunhado de Deise que procuram ampará-la, juntamente com Débora.

Num canto, Roberto e Ciro conversam com Raul, que afirma:

– Assim que retornarmos, irei solicitar uma coletiva com a imprensa para apresentar Matias, o verdadeiro culpado, e declarar sua inocência, Roberto. E como sempre colaborei com os jornalistas, também irei pedir-lhes uma matéria de primeira página. Agora, há uma coisa que você tem de fazer, Roberto. Quando retornarem, vá com Débora até a clínica, onde ela deverá solicitar sua alta, já que, como você diz e, graças a Deus, já se encontra curado. Já telefonei para o doutor Frederico, responsabilizando-me quanto a você e pedi-lhe que retirasse o pedido policial de busca.

– Obrigado, Raul. Só lhe peço um grande favor.

– Qual?

– Não seja muito duro ao falar de Jorge.

– A verdade terá de ser dita, Roberto, para que a sua inocência fique bem clara. E quanto a você? Tem mesmo certeza de que está curado?

– Absoluta, Raul, e sobre isso ainda preciso lhe relatar muitas coisas sobre tudo o que aconteceu comigo.

– Certo. Fico muito contente e não vejo a hora de saber como o doutor Frederico conseguiu curá-lo.

– Você vai saber.

– Já falou com a sua filha Raquel?

– Já lhe telefonei e nunca senti tamanha emoção em toda a minha vida.

Débora abraça o marido, carinhosamente.

XV

Final

POR VÁRIOS DIAS PROCUREI POR DONA LAURA NO HOSPITAL e sempre tive a informação de que ela estava viajando. Tentei falar com o doutor Frederico, mas não consegui. Fiquei preocupadíssimo com o que poderia estar lhe acontecendo. Será que teria o médico descoberto a sua ajuda na minha fuga e a teria mandado embora, não só da clínica como, também, do Lar de idosos? Para onde será que ela poderia ter ido? Nunca havia me falado sobre parentes e, se ela estava nesse lugar, sem dúvida era porque não tinha onde ficar.

Será que ela saberia onde eu morava? Já começava a desesperar-me, quando a campainha de minha casa tocou. Justina chamou-me e quando cheguei na sala, não consegui conter a minha alegria. Ali estava, sorridente como sempre, a bondosa dona Laura.

Abracei-a, chorando, e beijei-lhe as mãos, repetidas vezes. Débora uniu-se a nós, muito contente, também. Fizemo-la sentar-se e lhe despejamos uma verdadeira saraivada de perguntas.

– Acalme-se, Roberto. Vou lhe contar tudo. Acalme-se.

– Está bem, dona Laura. Vamos ouvi-la.

– Bem, quando o doutor Frederico deu pela sua falta, investigou com os enfermeiros e quando pediu-me as chaves das portas e do portão, percebeu que não mais as tinha e que estava usando as que tomei emprestado de Reinaldo.

– Aí, ele a mandou embora.

– Sim e com razão, não é? Afinal de contas, para ele, eu ajudei um paciente a fugir da clínica. Mas ele ainda foi bom comigo, sabe? Pediu-me que não fosse mais lá trabalhar, mas não fez nada contra mim, quanto ao Lar de idosos. Eu poderia continuar morando lá. Parece inacreditável, Roberto, mas o doutor Frederico é um homem desprendido dos bens terrenos. Todos os anos, em janeiro, ele presenteia todos os funcionários da clínica, e os honorários dele não são superiores aos dos profissionais de sua área. Não pretendendo ser médico de elite, ele, uma vez por semana, religiosamente, atende num Ambulatório de Psiquiatria. É um homem estranho, com efeito!

– Mas a senhora viajou...

– Sim. E foi a melhor coisa que me aconteceu. Sabe, há muito tempo eu tinha vontade de conhecer um clínica psiquiátrica que é mantida por uma sociedade espírita e fui até lá. Fui muito bem recebida e consegui falar com os diretores. Expliquei a eles o trabalho que realizava na clínica, às escondidas, e eles ficaram muito satisfeitos comigo, pois também desenvolvem esse mesmo tipo de auxílio mediúnico, além do tratamento médico, é claro. E sabe o que consegui?

– O quê?

– Eles me contrataram para ser enfermeira e vou poder participar das reuniões mediúnicas. Além disso, logo irei morar na própria clínica.

– Mas isso é maravilhoso! – exclamam Roberto e Débora.

– E não contei tudo ainda.

– Tem mais?

– Sim. Pedro e Reinaldo também irão para lá, assim como outros que você viu na sessão.

Roberto não consegue dizer nada, pois lágrimas de felicidade embargam-lhe a voz. Após alguns minutos, consegue recompor-se e retomar a conversa.

– E quanto a mim, dona Laura? Ainda não tive mais nenhuma outra visão, mas sei que tenho de trabalhar nesse campo.

– Sim, Roberto. Agora que você está livre da clínica, vou lhe indicar alguns livros para você ler e o nome de um Centro Espírita para frequentar. Conheço as pessoas desse Centro e faço questão de apresentá-lo.

– Agora, dona Laura, tenho uma pergunta muito importante a lhe fazer: diga-me, com sinceridade, o que tem de verdade no que aquele Espírito disse para mim, com relação às nossas vidas passadas? Sabe, acho muita coincidência ele culpar-me por tê-lo aprisionado, e aos outros, numa masmorra e eu ter estado também preso naquela clínica, quase enlouquecendo.

– Olhe, Roberto, como já lhe disse, não é tão importante conhecermos nossas vidas anteriores, o que só atrapalharia a nossa caminhada presente e futura. Não é à toa que Deus nos dá a bênção do esquecimento.

– Sim, mas... sabe... tenho muita vontade de ajudar aquele Espírito infeliz...

– Sim. Você deve e pode ajudá-lo.

– E como, dona Laura?

– Em primeiro lugar, ore bastante por ele. Faça, para com o seu próximo, todo o bem que poderia fazer a ele para que, pelo seu exemplo e pelas vibrações de fraternidade, possa ele ser auxiliado. E pense nele com muito carinho e verá que, um dia, ele ainda se comunicará para lhe agradecer e oferecer-lhe a mão amiga.

– Isso será maravilhoso.

– Bem, meu filho, agora preciso ir. A propósito, você pode, agora, devolver-me as chaves?

– Oh, sim – diz Roberto, indo apanhá-las na gaveta de sua escrivaninha. – Aqui estão.

– Obrigada.

– Mas... a senhora... não está pensando...

– Porque não, Roberto, – responde dona Laura, endereçando-lhe uma piscadela – afinal de contas, ainda estou morando no lar e hoje é quarta-feira, não é?

FIM

IDE | Conhecimento e educação espírita

No ano de 1963, Francisco Cândido Xavier ofereceu a um grupo de voluntários o entusiasmo e a tarefa de fundarem um periódico para divulgação do Espiritismo. Nascia, então, o Instituto de Difusão Espírita - IDE, cujos nome e sigla foram também sugeridos por ele.

Assim, com a ajuda de muitas pessoas e da espiritualidade, o Instituto de Difusão Espírita se tornou uma entidade de utilidade pública, assistencial e sem fins lucrativos, fiel à sua finalidade de divulgar a Doutrina Espírita, por meio de livros, estudos e auxílio (material e espiritual).

Tendo como foco principal as obras básicas de Allan Kardec, a preços populares, a IDE Editora possui cerca de 300 títulos, muitos psicografados por Chico Xavier, divulgando-os em todo o Brasil e em várias partes do mundo.

Além da editora, o Instituto de Difusão Espírita também se desenvolveu em outras frentes de trabalho, tanto voltadas à assistência e promoção social, como o acolhimento de pessoas em situação de rua (albergue), alimentação às famílias em momento de vulnerabilidade social, quanto aos trabalhos de evangelização infantil, mocidade espírita, artes, cursos doutrinários e assistência espiritual.

Ao adquirir um livro da IDE Editora, além de conhecer a Doutrina Espírita e aplicá-la em seu desenvolvimento espiritual, o leitor também estará colaborando com a divulgação do Evangelho do Cristo e com os trabalhos assistenciais do Instituto de Difusão Espírita.

www.idelivraria.com.br

idelivraria.com.br

Pratique o "Evangelho no Lar"

Aponte a câmera do celular e faça download do roteiro do **Evangelho no lar**

Ide editora é nome fantasia do Instituto de Difusão Espírita, entidade sem fins lucrativos.

◉ ideeditora   f ide.editora   🐦 ideeditora

◀◀ **DISTRIBUIÇÃO EXCLUSIVA** ▶▶

boanova editora

📍
Av. Porto Ferreira, 1031 | Parque Iracema
CEP 15809-020 | Catanduva-SP
📞 17 3531.4344   🟢 17 99257.5525

◉ boanovaed
▶ boanovaeditora
f boanovaed
🌐 www.boanova.net
✉ boanova@boanova.net

Fale pelo whatsapp

Acesse nossa loja